入夜的声音

[莫桑比克]
米亚·科托 著
金心艺 译

GUANGXI NORMAL UNIVERSITY PRESS
广西师范大学出版社
·桂林·

入夜的声音
RUYE DE SHENGYIN

图书在版编目（CIP）数据

入夜的声音 /（莫桑）米亚·科托著；金心艺译. --
桂林：广西师范大学出版社，2024.7
（米亚·科托作品选）
ISBN 978-7-5598-6501-4

Ⅰ. ①入… Ⅱ. ①米… ②金… Ⅲ. ①短篇小说—小说集—莫桑比克—现代 Ⅳ. ①I471.45

中国国家版本馆 CIP 数据核字（2024）第 102347 号

广西师范大学出版社出版发行
（广西桂林市五里店路 9 号 邮政编码：541004
网址：http://www.bbtpress.com）
出版人：黄轩庄
全国新华书店经销
北京博海升彩色印刷有限公司印刷
（北京市通州区中关村科技园通州园金桥科技产业基地环宇路 6 号
邮政编码：100076）
开本：889 mm × 1 194 mm 1/32
印张：8.375 字数：170 千
2024 年 7 月第 1 版 2024 年 7 月第 1 次印刷
定价：68.00 元

目　录

入夜的声音

贫穷最令人痛心之处就是它对自身的无知。面对一无所有的境况，人们弃绝梦想，失去成为另一种人的渴望。虚无中存在着一种圆满的幻觉，它让生命停下脚步，让声音堕入黑夜，黯淡无光。

在我心中觉醒的故事，都源自真实发生过的事件，但人们讲给我听时，总像是发生在世界的另一端。我在穿越这片阴影边境时聆听过许多声音，阳光从那些声音里倾泻出来。还有一些故事是我的翅膀，助我在写作时飞翔。我把这种讲述和创造的愿望献给所有这些故事。

篝　火

老妇人坐在草席上，一动不动地等待丈夫从林子里回来。她的腿承受着双重的疲惫：道路年迈，而时间久经跋涉。

“家产”摊了一地：碗、篮子和一根杵。周围一片空旷，连风都是孤单的。

老人像往常一样缓步走来。自从最小的几个孩子踏上公路一去不返，他便总是将悲伤放牧。

“我的老头子在萎缩，”她想，“他是一个影子。”

影子。没错。但只是灵魂的影子，因为身体已经所剩无几。老人走到跟前，将瘦削的身体安置在旁边那张草席上，抬起脸，但没有看老妇人：

“我在想……”

“想什么，老头子？”

“你要是死了，我一个人生着病，一点儿力气都没有，该怎么把你埋了啊？”

枯瘦的手指划过草席，他继续说道：

“我们很穷，啥也没有。谁都指望不上。最好现在就开始给你挖坟，老婆子。”

老妇人感动地笑了：

“你真好啊！我这辈子真是嫁对了人。”

老人陷入沉思，不说话了。过了一会儿，他才开口：

“我要去找把铲子。”

“去哪儿找？”

“去杂货店看看。”

“你要从这儿走去杂货店？那还挺远。”

“我今晚会回来的。”

寂静保持彻底的沉默，好让她听见丈夫回家的动静。当他回来时，满是尘土的破烂衣衫挡住了最后一缕阳光。

“怎么样，老头子？”

“花了好大一笔钱。”他举起铲子，以便更好地展示和控诉它。

“明天早上我就开工。”

两人就着分开的草席躺下。她轻柔地打断他的睡意：

“可是老头子……”

“说吧。”

“我还没生病呢。”

“你这么老，也该生病了。”

“好吧。”她表示赞同。然后他们睡着了。

第二天早晨，老人严肃地打量着她。

“我在量你的尺寸。你的个头居然比我想象的高。”

“胡说，我是小个子。”

她走到柴堆旁，抽出几根树枝。

“老头子，柴火快用完了，我去林子里再捡一些回来。”

“去吧。我留在这儿给你挖坟。”

她刚要离开，却仿佛有一只手扯住了她的卡普拉纳[①]。她停在那里，背朝老人，说道：

“你瞧，老头子，我想求你件事儿……”

“什么？”

“把坟挖得浅一些。我想靠上面点儿，离地面近，多少能沾点儿生气。”

“行啊。我不会用很多土埋你的。”

接下来的两个星期，老人一直忙着挖坟。越是接近完工，就越是迟迟干不完活儿。这时突然下起雨来。坟坑积满雨水，像汹涌的水塘。老人咒骂起乌云和带来阴霾的天空。

“别说蠢话，会遭天谴的。”老妇人劝说道。雨接连下了好几天，坟坑四壁都塌陷下来。老人跑去检查损毁状况，当下决定要继续赶工。他湿漉漉地泡在雨河里，爬上爬下，呻吟声越来越大，铲出来的土却越来越少。

“快进来躲雨，老头子。这样下去你会扛不住的！”

“别吵了老婆子！”老人命令道。每隔一段时间，他就会停下

① 卡普拉纳（Capulana）：莫桑比克妇女的传统服饰，是一种由棉料、合成纤维或其他材料制成的长方形印花布块，通常从腰部裹到膝盖以下，也可作其他用途，如头巾、包袱、婴儿背带等。颜色丰富，图案主题多样，也在庆典或仪式上广泛使用。（本书脚注如无特殊说明，均为译者注。）

来，看看灰色的天空，想知道谁干的活儿更多，是他，还是雨水。

第二天，老人被自己的骨头惊醒，它们连拉带拽地把他拖进疼痛的身体之中。

“老婆子，我身子疼，起不来了。”

老妇人转过身来，擦去他脸上的汗水。

“你浑身发烫。都是被雨淋的。”

“不是的，老婆子。是因为我睡在了篝火边。”

“什么篝火？”

老人没有回答，只发出一声呻吟。她吓了一跳：如果没有人点火，那男人看到的篝火又是什么？

老妇人起身想去帮丈夫拿碗玉米糊。再转身时，他已经站起来了，正在找铲子。他抓起铲子，艰难地朝屋外走去。每走两步就要停下来靠着歇会儿。

“老头子，别这样，先吃点儿东西吧。”

老人醉酒似的挥挥手。但老妇人坚持道：

“看你这左摇右晃的，歇会儿吧。”

他已经站在坟坑里，准备开工。高烧却要惩罚他的固执，晕眩感与周遭的世界共舞。

突然，他绝望地大喊一声：

“老婆子，帮帮我！”

他倒下了，像一根被砍断的树枝，一片被撕裂的云朵。老妇人急忙跑去救他。

“你病得很重。”

她拽着他的胳膊，把他拉到草席上。他躺在那里喘气，整条命瘫在那儿，被几根上下起伏的肋骨瓜分。在这片孤独的荒地上，死亡只是一次简单的滑行，抑或翅膀的收缩，不像在别处：生命熠熠生辉，死亡是一场暴烈的撕扯。

“老婆子，”他的声音几不可闻，“我不能就这样丢下你。”

“你在想什么？”

“不能留着那个坟坑不用啊，我得杀了你。”

“话是没错，老头子。你费了这么大力气才挖好那个坑。就这么放着太可惜了。”

“是的，所以我得杀了你；今天不行，身体不听使唤。”

老妇人扶他坐起来，喂他喝茶。

“喝吧，老头子。喝了能好点儿，明天你还得耗力气呢。”

老人睡着了。老妇人坐在门口。在休憩的阴影中，她看到光之王——太阳——正在缓缓沉落。她回想这一天，对矛盾的事实感到好笑：她，一个不知道哪一天出生的人，现在却已定好了死期。月光开始照亮林木，她斜靠着，陷入沉睡。她梦见一个无比遥远的地方：死去和活着的孩子都回来了，田里种满庄稼，目光所及，一片葱茏。老人正盛装坐在中间讲故事，故事几乎全是胡编乱造的。儿孙齐聚，生活仍在继续，孕育着希望与承诺。人们幸福地围成一个圈，在那里，所有人都相信年迈者持有的真理，始终保持理智，不再有母亲面向死亡剖开血肉分娩。清晨的喧闹声开始将她唤醒。可她拒绝舍弃那个梦。她如此虔诚地乞求，就像曾经乞求生活不要抢走她的孩子。

她在昏暗中摸索着丈夫的手臂，想要在这颤抖的时刻增添力量。当她的手碰到老人的身体，却发现是冷的——如此冰冷，仿佛这一次，老人是在远离篝火的地方睡着的，而那丛篝火，从未有人点燃。

马巴塔－巴塔爆炸的那一天

突然，牛炸了。它还没来得及发出一声“哞——”就爆炸了。大大小小的碎片像雨水一般落在四周的灌木丛里，好像公牛的果实和叶子。血肉变成红色的蝴蝶。骨头是散落的硬币。牛角挂在某根树枝上来回晃动，在无形的风中模仿着生命的样貌。

小牧童阿扎利亚斯无法抑制惊恐。刚刚他还在欣赏那头斑点大公牛。它叫马巴塔－巴塔，吃草的速度比慵懒本身还要慢。它是牛群里最膘肥体壮的，是犄角之王，注定要成为主人劳尔叔叔的彩礼。自从阿扎利亚斯失去双亲，便一直为劳尔干活，天未亮就要出门，好让牛群品尝到清晨的浓雾。

他眼睁睁看着这场灾难发生：公牛化为灰烬，沉默的回声，空无的阴影。

“刚才一定是一道闪电。”他想。

但不可能是闪电。天空晴朗，蓝得一点污渍都没有，何来闪电？也许是大地放出了那道光？

他询问树梢上方的天际。也许闪电之鸟纳德拉提还在天空盘旋。他的目光转向对面的山，那是纳德拉提的居所，所有的河都汇聚在那里，自同一个愿望中诞生，那就是成为流水。纳德拉提隐蔽地伪装成四种颜色的生活，只有当云层在嘶哑的天空中咆哮时，它才会展翅，继而疯狂地飞向天空，在高处身披火焰，燃烧着向地上的生灵俯冲。有时候，它还会自己摔到地上，砸出一个坑，然后在那里撒一泡尿。

有一次，人们不得不请出老巫医作法挖空那个巢穴，清除里面残留的酸尿。也许马巴塔-巴塔踩到了纳德拉提邪恶的余痕。但谁会相信呢？劳尔叔叔可不会信。他一定会要求看到死去的公牛，至少得向他提供发生灾难的证据。他见过被雷劈死的牛：尸体被烧毁，灰烬团成的形状让人联想到牛的身体，火慢慢咀嚼着，不会像刚发生在眼前的那样，一下子吞掉一整头牛。

小牧童环顾四周：其他牛受到惊吓，在灌木丛中跑散了。恐惧夺眶而出。

“阿扎利亚斯，少一头牛，你就别出现了。我就说这么多：你最好别出现。”

叔叔的威胁在耳边回荡。焦虑吞噬着他呼吸的空气。他能怎么办？思绪像一团团阴影，在脑海中奔腾，却找不到出口。只有一个办法：逃跑，逃向他一无所知的道路。逃离意味着与一个地方死别，而他，穿着破烂裤子，肩上斜挎一只旧包，还有什么可留恋的呢？被虐待，追着牛群跑。别人家的孩子可以上学。他不行，他谁的孩子都不是。劳作逼他早早离开床铺，等到他身上再无童年的痕迹，才把他归还给睡眠。他只跟动物玩耍：搭着马巴塔-巴塔的尾巴在河里游泳，在最强壮的公牛打架时打赌，看谁能胜出。叔叔在家里给他算过命：

“这小子，就他那成日跟畜牲混在一起的活法，肯定要娶一头母牛做老婆。”

众人大笑。没人关心他渺小的灵魂和被践踏的梦想。所以，他望着即将远离的山野，眼中并无遗憾。他清点包裹里的东西：一个弹弓，几颗果子，一把生锈的小刀。东西太少了，不会有人惦记的。他朝河的方向出发了。他并不觉得是在逃跑，只是踏上自己的道路罢了。他走到河边，泅水过界，还在河对岸停留了一会儿，也不知道在等待什么。

黄昏时分，奶奶卡罗琳娜在门口等着劳尔。他一到家，奶奶就忍不住担忧地说：

“都这个点儿了，阿扎利亚斯还没赶牛群回来呢。”

“什么？等这小混蛋回来，我要好好收拾他一顿。”

“劳尔，是不是出什么事了？我害怕，那群土匪……”

“他逗我们玩儿呢，没事儿。”

他们坐到草席上吃晚饭，谈论起彩礼和准备婚礼的事。突然，有人敲门。劳尔朝卡罗琳娜投去疑惑的目光，起身开门，是三个士兵。

“晚上好，有什么需要帮忙的吗？”

“晚上好。我们来通知一件事：今天下午有一颗地雷爆炸了。一头牛踩中了它。是你们家的。”

另一个士兵补充道：

“我们想知道放牛人在哪儿。”

“我们正等着他呢。”劳尔说。接着，他大骂一声：“该死的土匪！”

“等他回来后，我们想跟他谈谈，了解一下事情经过。任何人都不要往山里去，土匪一直在那边埋地雷。”

三人告辞。劳尔站着没动，脑子里盘旋着一堆问题。这小杂种到底去哪儿了？其他牛是不是都跑散了？

“阿妈，我不能就这么干等着。得去瞧瞧这小混蛋去哪儿了。他可能把牛群放跑了，趁天色还早，我得把它们赶到一起。”

“别去，劳尔。没听见那几个士兵说的吗？太危险了。”

他没有理会，一头扎进夜色中。灌木丛有近郊吗？有。阿扎利亚斯就是在那里放牛的。劳尔一边在黑金合欢树丛中穿行，被树干的瘤刺划蹭着，一边不得不在心里认可男孩的放牛技术。没有人比阿扎利亚斯更熟悉这片土地了。他估摸着小牧童应该会选择躲进山谷。

劳尔赶到河边，爬上巨石，扯着嗓子高声命令道：

“阿扎利亚斯，回来！阿扎利亚斯！”

只有河水在回应，翻腾出湍急的声响。四周空无一物。但劳尔猜想侄子应该就隐藏在附近。

“出来吧，别怕。我不会揍你的，我发誓。”

劳尔撒谎了。他是不打算“揍”阿扎利亚斯：等他把牛集中起来，就要把那小子活活打死。现在，他选择先坐下，变成一尊黑暗的雕像。双眼已经适应昏晦，目光从河的另一边上岸。忽然，灌木丛中传来脚步声。他警觉地试探：

“阿扎利亚斯？”

不是小牧童。卡罗琳娜的声音响起：

"是我，劳尔。"

臭老太婆，她来这儿干吗？只会搅乱计划，还有可能踩中地雷爆炸，或者更糟，连他也一块儿炸了。

"回家去，阿妈！"

"你喊他，他不会听的。但他会听我的话。"

于是奶奶开始呼唤小牧童，证明自己靠得住。暗影重重，后方闪出一道人影。

"是你吗，阿扎利亚斯？跟我回家吧。"

"我不想回去。我要逃走。"

劳尔像猫一般蹑手蹑脚地爬下岩石，随时准备一跃而起，掐住侄子的喉咙。

"你要逃去哪儿，孩子？"

"我不知道，奶奶。"

"就算被我用伤薄骨[①]打断手脚，这家伙也得回来。"劳尔阴沉的声音突然插进来。

"闭嘴，劳尔。你这辈子都体会不了别人的难处！"卡罗琳娜又转向小牧童："来吧，孩子，跟我回家。公牛死了不是你的错。你来帮叔叔赶剩下的牛吧。"

"不用了。牛都在这儿，在我身边呢。"

劳尔怀疑地站起身，心脏锤击着胸膛的鼓皮。

---

① 伤薄骨（chamboco）：在莫桑比克专指各种抽打人用的棍棒。

“真的？牛都在你那儿？”

“是的。”

寂静在四周盘旋。劳尔并不确定阿扎利亚斯说的是不是真的。

“好侄子，你真的把牛都赶到一起了？”

奶奶面露微笑，心想，这下两人该结束争吵了。她承诺要奖励男孩儿，让他说一个愿望。

“你叔叔很满意。说吧，有什么想要的，他一定满足你的要求。”

劳尔觉得此时最好侄子说什么他就答应什么。等晚些时候，他再好好纠正男孩儿的幻想，让他重温一下牧童的责任和规矩。

“说说看，你想要什么？”

“叔叔，明年我可以上学吗？”

他早猜到了。没门儿。让阿扎利亚斯上学，那不就等于少一个放牛人啦。但眼下还得装装样子，劳尔违心答应道：

“可以，你去呗。”

“真的吗，叔叔？”

“你以为我有几张嘴，还能说出别的意思？”

“我可以继续帮忙看牛的。学校下午才有课。”

“没错。但是我们晚点再说这个。你先出来吧。”

小牧童从暗处现身，跑到沙地上，河水纷纷让道。这时，一道闪电瞬间爆燃，仿佛要在黑夜里劈出一个正午。

小牧童囫囵吞下一整团赤红，那是烈火的尖叫声在大发雷霆。在斑驳的夜色中，他看见闪电之鸟纳德拉提俯冲下来。他想大喊：

“纳德拉提，你要砸到谁的身上？”

但是他什么都说不出口。并非河水淹没了他说的话。他是一颗果子，被抽空了声音、疼痛与色彩。四野闭合，连川流都在戕杀河水。世界在滚滚白烟中席卷大地。

“你会砸到奶奶吗？可怜的奶奶，她那么好！还是说，你瞄准了叔叔？不管怎样，他已经后悔做错事啦，还愿意像我死去的阿爹那样遵守诺言呢。”

还没等火鸟作出决定，阿扎利亚斯就飞奔过去，在烈焰之旅中将它紧紧拥抱。

神　鸟

抱歉，我不知道有什么能比河流更像朝圣者。水波一路向前奔涌，没有尽头。河水已经像这样奔波了多久？埃内斯托·廷巴独自坐在老独木舟上，思考着他的人生。他十二岁就开始学习捕鱼，三十年来，正是在水流的列车中，他的身影日复一日地演示着河民的生存法则。可这一切又有什么用？旱秧抽干了土地，播种的农田颗粒无收。每当他捕鱼归来，总是抵挡不住老婆和孩子扎心的目光。那眼神像狗一样。虽然他不肯承认，但事实就是如此：饥饿让人和动物没什么两样。

廷巴一边想着他的苦日子，一边让小船慢慢滑行。岸边有一棵楝树，过了那里，河道就变窄了。廷巴停下小船，想要驱赶悲伤的念头。他任由船桨轻噬河水，独木舟静止不动，思绪却停不下来：

“这究竟是什么日子啊？除了水，还是水，别的什么都没有！”

独木舟持续摇晃，他也越发郁闷。

“总有一天，我会被河流吞没的，人们会把我从水里捞起来。”

他已经预见到老婆和孩子目睹他被人从河泥中拖出来的场景，就像河水被连根拔起一样。

头顶上方，楝树保存着烈日刺耳的口信。廷巴没有去听树在说什么，他的眼睛正忙着窥视自己的灵魂。但他仿佛失明了，因为痛苦是尘埃，逼走了我们的光明。更高处，清晨正在召唤，他闻到一股浓烈的纯蓝气息。

“真想属于天空啊。”他低叹道。

三十年的疲顿正在压垮他的生活。他想起父亲教他何为勇气时说过的话：

“看见猎人是怎么做的吗？发现羚羊的瞬间，他就会举起长矛。但渔夫不一样，他无法看清水里的鱼。所以渔夫要敢于相信某个他看不见的东西。”

那是一堂生活的必修课，现在，廷巴又想起这番睿智的话语。日头渐高，饥饿提醒他该回家了。他开始掉转小船，目光最后一次投向云朵身后的天空。就在这时，一只巨鸟划空而过，像一位君王，对自己的伟大深感满意。

廷巴紧盯着高飞的巨鸟，内心生出一股奇特的焦躁。他想：

“要是那只鸟立刻掉到我这儿就好了！”

他把这念头大声喊了出来。话音刚落，鸟儿扑腾了几下巨大的翅膀，突然不飞了，冲着小船直直坠落下来，重重地跌在船上，仿佛要跟生命告别。廷巴抓起它，用手固定住，发现它并没有流血。巨鸟逐渐恢复意识。它直起身，爬上船头，打量着劫后余生的自己。廷巴拎起它，掂了掂，估摸着这么多肉能做几顿酱汁[1]饭。但

① 特指莫桑比克一种用花生、栗子和椰子调制出的酱料。

他随即打消了这个想法，把手一推，试图帮它重新起飞。

“去吧，回你老家去！”

可是巨鸟绕了半圈又回来了。渔夫继续赶，它还是回来。埃内斯托·廷巴只好停手：

“该死的臭鸟，我让你走啊！”

没用，巨鸟一动不动。这下渔夫开始怀疑：也许那不是鸟，是神迹。而这上天的警示注定要让他永无安宁。

廷巴带着巨鸟返回村子。妻子见他回来，欢呼道：

“午饭就吃这只鸟吧！”

她激动地大喊：

“孩子们，快来看呀！”

廷巴没有回应。他把鸟放在草席上，去屋子后面找了些木板、铁丝和芦苇条，开始就地打造一只硕大的鸟笼，连人都能在里面直立。他把鸟关进去，给它扔捕来的鱼。

妻子很震惊：这男人怕不是疯了吧。

日子一天天过去，廷巴一门心思地照顾巨鸟。

妻子时常指着鸟问他：

“一家子都快饿死了，你还不想宰了它吗？”

廷巴断然一挥手臂：绝不！谁敢碰一下这只鸟，就会被上帝惩罚，会折寿的！

就这样，一天又一天，渔夫等待着新的神迹。不知有多少次，他在汗湿的午后干等着，河流就横躺在他眼前。夕阳西下，他会再去查看一次鸟笼。鸟儿越来越胖。渐渐地，他注意到一片悲伤的阴影落在神鸟身上。他意识到，它正饱受孤独之苦。一天晚上，渔夫祈求上帝为这只孤单的鸟送来一个伴侣。第二天，笼子里多了一位新住户，一只雌鸟。廷巴默默感谢上苍的馈赠。但新的担忧随之而来：神为什么要委托他照看这两只鸟呢？它们带来的究竟是怎样的讯息？

他想了又想。此等神迹，这道白色羽毛的闪电，只能意味着要变天了。倘若人们慷慨善待天上的信使，干旱就会终结，雨季将会降临。现在，招待神使的重任落在他一介渔夫头上。他的任务就是证明人还是心怀善意的。没错，真正的良善在富足的时候无法衡量，只有当饥饿在人体内跳舞时才会彰显。

妻子从田里回来，打断他的沉思：

“怎么？又来一只鸟？”

她走上前，在同一张草席上坐下，久久凝视着丈夫，说道：

“老公，锅就架在火上，求你了，咱们吃掉一只好吗？就一只。”

这话说了也是白搭。廷巴早就诅咒过，谁虐待神鸟，谁就会遭到严惩。

过了一段时间，神鸟夫妇生下三只小鸟，又丑又笨，整天张着嘴嗷嗷待哺，那胃口恨不得要把河水喝光。廷巴给它们当爹又当娘。家里原本就没什么可吃的，如今全投进了鸟笼。

村里传言四起，说埃内斯托·廷巴是个疯子。他老婆多次威胁无果，带着所有孩子离家出走了。廷巴好像丝毫没注意到家里没人了，满脑子只想着要对鸟笼加强保护。他能感觉到周围弥漫着妒意，人们的报复心越来越重。但他被上天选中有错吗？都说他疯了，可是天选之子难免会迷失自己的道路。

一天下午，廷巴干完活，一簇怀疑的火苗烫得他大脑一激灵：神鸟！他立即狂奔回家。刚到房子附近，就看见周围的树林里升起一团浓烟。他把独木舟靠岸，来不及系上绳子，就猛冲向悲剧发生的地方。当他赶到时，除了残骸和灰烬，什么都没留下。木头和铁丝网已被烈火嚼碎。一只尚未被火烧到的翅膀从几块木板之间掉出来。神鸟一定奋力扑向了火墙，企图冲出去，但只有那只翅膀成功逃离，如同一支可怕的箭头，指向厄运。它不像尸体痉挛那样抖动，而是僵硬的，充满了确定性。

廷巴惊恐地后退。他高喊着老婆孩子，却发现再无人可让他呼喊，他悲愤痛哭，泪水多得灼伤了眼睛。

为什么？为什么要伤害如此美丽的神鸟？廷巴站在灰烬和浓烟中，向上帝辩解：

“我知道，您要发怒了，您会惩罚子民。但是，我恳求您原谅。就让我——让我一个人去死吧。至于其他苦命人，请让他们继续活着受罪。您甚至可以忘记下雨，让大地蒙尘，但请不要惩罚这片土地上的人。”

第二天，人们发现廷巴被流淌的河水拥抱着，清晨的大雾已将他冷却。他们试图把渔夫捞起来，却发现他异常沉重，根本无法与河水分开。一群最强壮的男人凑在一起也无济于事，廷巴的身体紧紧地黏在河面上。一种古怪的恐惧在人群中蔓延开来。为了缓解惊惧，有人说：

“去通知他老婆吧。对外就说，村里的疯子没了。”

人群开始撤离，上岸时，云层发出轰鸣，仿佛天空生病了，重重地咳嗽起来。换做其他时候，人们早就为这雨水的先兆而欢呼了。但此刻没有。这是他们第一次齐心乞求不要下雨。

河水平静地流向远方，嘲笑着人类的无知。水波温柔荡漾，托着埃内斯托·廷巴顺流而下，一条条道路渐次展开，沿途的风景他只在梦中勾勒过。

卡洛塔·让蒂纳，原来你从未飞过，对吗？

1. 律师先生，这就告诉您

我是**许多个**伤心人。是的，我没说错。要不这么说吧：我们是**一个**伤心人？因为我内心并不孤单。我是许多个。他们都在争夺我唯一的生命。我们会迎来很多次死亡，却诞生于同一次分娩。唉，这就是问题所在。所以，讲自己的故事时，我会把自己混合起来。我是穆拉托人[1]，并非因为种族，而是因为有许多个存在。

人们说我杀了自己的妻子。事实上，我杀了一个并不存在的人。她是一只鸟。当我发现她没有声音时，就把她放了。她死的时候连一句抱怨都没有。从她断裂的身体中爬出来的，究竟是什么哑巴畜生啊？

先生，您是搞法律的，您让我写下自己的故事。那我就慢慢写，每天写一点儿。您要拿着我写的东西到法庭上替我辩护。但您根本不认识我。您对我的痛苦感兴趣吗，先生？反正对我来说不重

---

① 穆拉托人（mulato）：指父母一方为白人、另一方为黑人的混血儿，通常母亲为黑人。

要，一点儿也不。我在这儿大谈特谈，但我什么都不要，不想离开，也不想留下。我关在这间牢房里六年了，久到足够忘记我原本的生活。现在，律师先生，我只想当个将死之人。死亡太过遥远，活着的时日又如此短暂。我要停留在两者之间，奄奄一息。您是在嘲笑我吗？

我解释一下吧：将死之人可以做任何事情。没有人会嘲笑他。死期将近，他们就能提前享受人们对死者的尊重。如果临终者辱骂我们怎么办？我们当然会原谅他。要是他在床单上拉屎，朝餐盘里吐痰呢？我们就打扫干净咯，就这么简单。您给想个法子吧，律师先生。解开我的困境，让我做个将死之人，半死不活就挺好。

说到底，我之所以会在这座牢里，是因为我决定当个囚犯。就是这样。没人控告我。我是受够了自己，主动自首的。我把自己给告发了。也许是因为厌倦了等待一个从未到来的时刻。我可以等，但总是得不到任何结果。未来即使降临，也不会与我相遇。我究竟在哪儿呢？我生命的归宿不就是那个时刻吗？

还是撇开这些念头，直接讲故事吧。先从我连襟巴托洛梅乌说起。他来找我的那个晚上，就是一切不幸开始的时候。

2. 地上的翅膀，空中的炽炭

光越来越稀薄，只剩下一个杯口大的天空。我的连襟巴托洛梅乌家里正准备结束　天的劳作。巴托洛梅乌扫视着他那间茅屋：妻子忙前忙后，惊扰了油灯最后的影子。女人躺下了，巴托洛梅乌却心神不宁。睡意迟迟没有到来。屋外，一只猫头鹰叫嚣着不幸。女人没有听见它的死亡警告，她已经睡着，把意识交给了身体。巴托洛梅乌自言自语道：

“我要泡杯茶，也许能助眠。”

火仍在燃烧。他拿起一根木柴吹了吹，火屑溅到眼睛，疼得他连忙挣扎。慌乱中，他不小心把点燃的木柴丢到了妻子背上。她发出一声惨叫，从没有人听过那样的叫声——那不是人的声音，是动物的嘶吼。没错，是鬣狗的嚎叫。巴托洛梅乌吓得跳起来：我究竟娶了谁？一个“诺伊”吗？是那种晚上会变成动物四处游荡，干着女巫的勾当的女人吗？

面对丈夫的苦恼，女人忍着灼烧的剧痛在地上爬行。像一头动物。巴托洛梅乌心想：这倒霉日子，真是遭雷劈了！他当即夺门而逃，火速穿过村子来告诉我事情的经过。当他跑到我家门口，几只狗都躁动不安起来。

他没敲门，也没等我同意就直接进屋了。他告诉我的，就是我现在写下的。起初，我并不相信。也许巴托洛梅乌喝醉酒，混淆了记忆。但我闻到他抱怨的口臭，并没有透出什么酒味儿。那么，他说的就是真的了。巴托洛梅乌把事情翻来倒去地讲，两次，三次，四次。我听着听着就开始想：我老婆该不会也一样吧？难道她也是个“诺伊”？

巴托洛梅乌走后，这个念头便绑住了我全部的思绪。难道我不知不觉中一直跟一头雌兽生活在一起？和她做爱，就是用自己的嘴和一只畜生的嘴做交易。我怎么能接受这样的交易？畜生什么时候也配躺在草席上了？它们就应该世世代代在牲畜棚里待着，用铁丝网圈起来。要是这婊子真骗了我，我不也变成畜生了？只有一个办法可以验证我老婆卡洛塔·让蒂纳到底是不是“诺伊”，那就是在她不知情的时候突然折磨她，让她感受切骨的疼痛。我环顾四周，看到一口锅里正煮着沸水。我端起锅，将沸腾的热水一股脑儿全浇在卡洛塔身上。我等着她惨叫，可她没有。她竟然一声不吭。她就这样无声地哭泣，一丝呜咽都没有。躺在草席上的，是一团蜷缩的寂静。第二天，她一整日都没动弹一下。卡洛塔，可怜的卡洛塔，她只是一个静躺着的名字。失去意识的名字，不过是身体中一缕久久不散的睡意。我摇晃着她的肩膀：

“卡洛塔，为什么你一动不动？如果你很痛苦，为什么不叫出来？”

但死亡是一场骗术编织的战争。所有的胜利都是延迟的溃败。只要还有念想，生活就能持续塑造一个人的意志。这正是卡洛塔所需要的：一个希望的谎言。为了让她笑，我开始像孩子一样装傻，或者像只蚂蚱，绕着草席跳来跳去。我把锅碗瓢盆敲得咣当响，将噪声倾泻在自己身上。但都是徒劳。她的目光被拴在远处，注视着黑暗里那昏盲的一侧。只有我在笑，顶着几口锅。我站起身，笑得喘不过气来。我跑到屋外，去发泄更疯狂的笑声。我大笑着，直到筋疲力尽。然后，我又一点一点地，被悲伤和古老的良心所征服。

我回到屋内，觉得卡洛塔应该会想要看看天光，舒展一下她的腿。我把她抱到外面。她是那样轻，让人以为她的血只是红色的沙尘。我让她面朝夕阳坐下。一条凉毯盖住她的身子。卡洛塔·让蒂纳，我的老婆，就这样坐在院子里死了。我并没有立即发现。直到看见她眼中凝滞的泪水，我才反应过来。那滴眼泪已是死亡之水。

我注视着那个女人，她的身体已经僵直。我看着她的双脚，它们像地表一样皲裂。这双脚走过那么多狭窄的小径，早已成为沙土的兄弟。死人的脚很大，死后还在生长。我一边测量着卡洛塔的死亡，一边问自己：到底是什么疾病，既没有引起肿胀，也没有发出痛苦的呻吟？沸水竟能这样让一个人的年龄停止增长？最后，我从思考中得出结论：卡洛塔·让蒂纳是一只鸟，像她这样的鸟，会在逆风中失去声音。

3. 灵魂之梦将我从身体中唤醒

我梦到她了。她正拿着一根杵，在院子里干活。您知道她在捣什么吗？水。她在捣水。不，不是玉米，也不是高粱，什么都不是。就是水，天空的沙砾。

我走近她。卡洛塔唱着一首忧伤的歌，仿佛在哄自己入睡。我问她在忙什么。

“我在捣东西。”

“那些是沙子吗？”

“是你的眼泪呀，老公。”

那一刻，我意识到我的苦难就来自那根杵。我求她停下来，但她听不见我的声音。我的嗓子失明了。只有杵头“咚咚咚”的声响，不断地敲击，敲击，敲击。渐渐地，我发现这声音来自我的胸口，是心脏在惩罚我。您觉得我在胡编？谁都会编故事。但从这间牢房里，我只能看见生命的四壁。我能感觉到一个梦，像一缕香气飘过。我抓不住它。现在，我用生活去交换梦境。我不是只有这一晚梦见她。前天晚上，律师先生，我甚至哭了。因为我目睹了自己的死亡。我向监狱过道望去，看到了血，一条血河。血是孤儿，没有父亲，因为我的臂膀已经断了。这血就像它的主人一样被关押、审判。我想不起胳膊是怎么断的，我的记忆一片幽暗，因为无数个夜晚我都在喝酒。

您知道是谁在那个梦里拯救我四溢的鲜血吗？是卡洛塔。她用从前那双手舀起血，清洗它，慈爱地提取尘埃。她将血的碎片聚拢，告诉它们走哪条路才能回到我的身体里。接着，她叫我的名字，我已经忘了那个名字，因为没有人那样叫我。我是一个编号。我对自己使用数字，而非文字。

您让我坦白真相。没错，是我杀了卡洛塔。这算不算犯罪？也许算吧，如果他们都这么说的话。但我在猜疑中生了病。我和那些埋葬记忆的鳏夫不一样。他们被遗忘所拯救。死亡却没有令卡洛塔远离我。如今我明白了：所有的亡灵都在同一天诞生，只有活人才有各自的生辰。卡洛塔到底有没有飞过？被我用沸水浇灌的，究竟是女人还是鸟？谁能说得准？律师先生，您能吗？

有一件事我无比确定：她在棺材外头活了下来。在葬礼上哭泣的都是盲人。我在笑。真的，我笑了。因为他们为之哭泣的那口棺材里什么都没有。她逃走了，被翅膀所救，毫发无伤。人们见我笑成那样，并没有生气。他们原谅我，认为那笑声并不是悲伤的敌人，也许是伪装的啜泣、苦痛的汗水。他们还做了祷告。我没有，我做不到。毕竟躺在那里的不是一个彻底死去的女人，顶多就是一团长着动物外形的寂静。

4. 我要学做一棵树

书写使我厌倦文字。这就快写完了。律师先生，我不需要辩护。我不想要。无论如何，我有错。我想接受惩罚。没有别的盼头。不是因为犯了罪，而是因为犯了错。我会在最后解释到底是什么错。六年前，我自首，独自关押自己。现在，我为自己判刑。

感谢您做的一切，律师先生。我占用您的时间，却一个子儿都没付。您肯定会叫我傻子。我知道，也接受。但是，很抱歉，我想请问，您对我了解多少呢？我和别人不一样：我只考虑自己能忍受什么，不考虑自己需要什么。我做不到的事儿一概与我无关。那是上帝的失败，不是我的。上帝为什么不把我们加工完再创造出来呢？为什么不让我们当一个成品，就像动物出生时那样，只要长大就行了？既然上帝让我们活着，为什么不让我们主宰自己的生活？

到头来，即便我们是白人，本质上也还是黑人。无意冒犯，但我要告诉您，律师先生，您也是黑人。这就是做人的缺陷，不仅我们的种族有这样的缺陷，全人类都有。我们的声音盲目而破碎，已经无法发号施令。我们只对弱者——也就是女人和小孩——呼来喝去。现在连他们也开始拖拖拉拉，不肯服从了。一个卑微者的力量就是让其他人变得更加卑微；践踏别人，就像他自己被强者践踏那样。伏地爬行就是这些灵魂的活计。习惯于地面的人，又怎么会相信天空？

我们都是半成品，就这样入土而终。还是做一棵植物好啊，律师先生。我甚至想学做一棵树，或者一株小草，因为树在这个地方显得有点儿突兀。为什么那些女巫不试着当植物呢？葱绿又安静。那样我就不用杀死卡洛塔了。我只需要把她移栽到别处，既不会犯罪，也不会犯错。

我只害怕一件事：寒冷。我一生都饱受寒冷的折磨。是我的灵魂在打摆子，不是我的身体。就算天气酷热逼人，我还是会不停地发抖。我那个连襟巴托洛梅乌经常说："离家在外总是很冷的。"话倒是没错。可是，律师先生，我的家在哪儿啊？我没有家。只有光秃秃的土地，无以为家。在这种地方，没有抵达，也谈不上启程。人得学得聪明点儿。不是学校里教的那种，而是圆滑的聪明，既不用干什么特别的工作，也不需要跟任何人签订契约。

信写到最后了，您肯定能看出来，我已经放弃自己了。为什么？因为今天巴托洛梅乌来看我，把一切和盘托出。我终于意识到我错了。巴托洛梅乌替我得出结论：原来，他老婆，也就是我小姨子，并不是什么"诺伊"。他花了好几个晚上才确认这件事。他警惕地监视妻子，看她是否会在夜里变身。没有，完全没有。她既没有变成猫，也没有变成鸟儿四处扑腾。于是巴托洛梅乌证实：他老婆是人，不是女巫。

听完他的话，我陷入沉思：如果小姨子不是"诺伊"，那卡洛塔也不可能是。巫术是姐妹之间共有的恶习，是她们天生的疾病。

可我光凭自己，怎么能猜得到这一切呢？当然不可能啦，律师先生。

我是我那个世界的儿子。我想接受其他律法的审判，它们应该由我的传统而定。我的错误不在于杀死卡洛塔，而是把自己的生命交给了您所属的世界，而这个世界与我的毫不相干。老家的人都了解我。在那里，他们会判定我有良善之心。而在这里，没人会这样做。如果得不到别人的理解，我又怎么能得到辩护呢？对不起，律师先生：正义只能在我所属的世界得到伸张。到头来，只有他们才会理解：我是真的不知道卡洛塔·让蒂纳既没有翅膀，也不会飞。

现在，一切为时已晚。只有当时间流逝，我才会后知后觉。我是一个能看见许多扇门的盲人。我打开最近的那一扇，并非出于选择，只是因为我的手刚好绊到了门闩。我的人生不是一条路，而是一块封闭的石头，沉默寡言地等着变成沙子。我将无比缓慢地，与大地的颗粒融为一体。当人们想要埋葬我时，我已化为尘土。既然我生前毫无优势，就让这成为我死后的特权吧。

基西科[1]海岸的鲸鱼

他只是坐着。什么也不干。就坐在那儿，一动不动。时间并未对他发火，而是任由他——本托·若昂·穆萨维勒——独自坐着。

但是不必担心。人们经过时，会发现他内心并非真的在发呆。当他们问他在干什么时，答案总是一样的：

“呼吸点儿新鲜空气。”

直到有一天，想必本托已经足够“新鲜”，他站起身说道：

“我要走啦。”

朋友们以为他要回老家，此前他终于决定找份活儿干，辟一块荒地种田。众人纷纷与他道别。

也有一些人质疑：

“可是你要去哪儿呢？你老家现在到处都是土匪啊。”

本托并未理会。他心中早已打定主意，那是一个秘密。他对叔叔吐露说：

---

① 基西科（Quissico）：位于莫桑比克南部省份伊尼扬巴内（Inhambane）的扎瓦拉区（Zavala）。

“叔，您知道吗，伊尼扬巴内[①]的饥荒闹得可厉害了，每天都有人饿死。”

本托摇摇头，一脸同情，但他并不痛心，只是对死者心怀敬意。

“我听说一件事，这件事情将改变我的人生……”他稍作停顿，在椅子上直起身子，继续说道，“您知道鲸鱼是什么吗……我也不知道该怎么解释……”

“鲸鱼？”

“没错。”

“关鲸鱼什么事儿？”

“因为在基西科就出现了一条。是真的。”

“没有的事儿，我从来没见过。就算真的出现了，人们怎么会知道那动物叫什么呢？”

“人们并不知道它的名字。是一个记者传出来的，说它叫‘鲸鱼’还是别的什么。我们只知道是条大鱼，从黑夜的方向游来，喜欢到海滩上休息。当它张开嘴，嘿，您要是往里头看一眼……那嘴里可装满了东西。您瞧，活像个仓库，但不是如今我们常见的，是早年的那种仓库。满满当当。我发誓，是真的。”

接着，本托给出更多细节：人们可以到鲸鱼面前提出要求。每个人根据自身所需，想清楚要什么，各管各的。然后只管提出来就行。不用向政府申请，也不需要出示旅行证。鲸鱼张开嘴，花生、肉、橄榄油什么的就会掉出来。还有银鳕鱼呢。

① 伊尼扬巴内（Inhambane）：伊尼扬巴内省的首府，与其省份同名。

“您懂了吗？一个小伙子只需要开一辆小车，把东西搬到车上，装满，拉回城里，再回去找鲸鱼。您能想象这来回一趟可以挣多少钱吗？”

叔叔没忍住，大笑起来。这一切简直像个笑话。

“全是异想天开。根本没有什么鲸鱼。你知道这个故事是怎么编出来的吗？”

本托没有回答。这场对话真是白费口舌，但他很有教养地假装在听。叔叔继续说道：

“是那里的人实在饿得不行，编出这些个奇观，像巫术一样，其实只是幻觉……”

“鲸鱼。”本托纠正道。

他并未动摇。叔叔的质疑还不足以让他放弃。他一定要去跟鲸鱼许愿，想个法子攒点儿钱。说干就干。

一整天，他都在街上奔走，忙前忙后。他跟茹斯蒂纳阿姨和马里托谈了谈。这俩人合伙在集市摆了个摊位，马里托还做点儿出租小货车的营生。可他们都不相信本托。他们让本托先去趟基西科，带回一些鲸鱼存在的证据；还得拉点儿货回来，最好是瓶装的“里斯本水”[1]，到时候他们一定提供支援。

有一天，本托决定找个更好的法子。他要去咨询当地的智者，问问那位白人阿尔梅达先生，还有一位黑人，自称阿戈什蒂纽。本托先去咨询黑人。他飞快地概述了一下问题所在。

① 指殖民时期从葡萄牙进口的廉价葡萄酒，通常加水稀释过。

“首先，”阿戈什蒂纽老师说，“鲸鱼并不是我们第一眼看到的那样。这种动物颇具迷惑性。”

本托觉得喉咙里仿佛有个肿块，希望开始坍塌。

“人们已经告诉我了，阿戈什蒂纽先生。但我还是相信有鲸鱼，我必须相信。”

“不是这个意思，朋友。我想说的是，鲸鱼看起来和别的动物很像。它长得像鱼，但其实不是。它是哺乳动物。就像咱们，都是哺乳动物。”

“所以呢？我们像鲸鱼？”

阿戈什蒂纽老师讲解了半个小时，尽心尽力地用葡萄牙语措辞。本托睁大眼睛，贪婪地听着这番近似翻译的解说。动物学原理是解释清楚了，谈话却并没有达到本托的期待。

他又去白人家碰运气。穿过数条大街，道路两旁尽是金合欢树。孩子们在人行道上玩着花蕊。瞧瞧吧，大家都混在一起，小白人儿，小黑人儿，这要是在过去……

本托敲响阿尔梅达住所的铁丝网门，一个男仆狐疑地出来探视。他皱着脸，努力适应屋外猛烈的日光，当他看清来访者的肤色，决定让门继续关着。

“我要和阿尔梅达先生说话。他认识我。”

谈话很快就结束了。阿尔梅达既不赞同也不否定。他说世界正在变得疯狂，地球轴心日渐倾斜，连南北两极都越来越偏——还是越来越扁——本托也没太听明白。

但这番含糊不清的说辞又为他注入了希望，几乎是一种肯定。本托离开阿尔梅达家时简直欣喜若狂。他仿佛已经看到鲸鱼沿着目力所及之处一排排伸展，像巨蟒一样横卧在基西科海滩上。数百条鲸鱼，每一条都满载物资，而他开着一辆MLJ小旅行车，挨个儿视察它们。

他用攒下的一点儿钱买了张车票就出发了。一路上随处可见战争的印记。烧焦的公共汽车只剩下一堆残骸，与之共存的，是被干旱惩罚的农田那无法遮掩的痛苦。

“如今只有太阳才会下雨吗？”

焚烧公车的烟雾钻进长途大巴，乘客纷纷抱怨，只有他，本托·穆萨维勒，将目光投向远处，注视着基西科海岸。当他到达时，一切似乎都很熟悉。马萨瓦和迈耶内的湖水注入小海湾。那片蓝色很美，在人们眼中溶解。再远一些，湖泊之外，又见陆地，像一条褐色长带，勒住大海的怒火。海浪固执地冲击那道壁垒，不断增添裂缝，又将其环绕，变成绵延高耸的岛屿，仿佛群山为了呼吸而从一片海蓝之中浮出水面。鲸鱼应该会在那里出现，与黄昏将尽时天空的灰色融为一体。

本托沿着山涧下行，肩上斜挎着小背包，一直走到海滩上废弃的房子那里。过去，这些房子是用来给游客住宿的。但只有南非人去，连葡萄牙人都不去。现在，一切都荒废了，只有他，本托·穆萨维勒，统治着这片不真实的风景。他在一座老房子里安顿下来，置身于残存的家具和新生的鬼魂之间。在那里，他对生活的来去浑然不觉。涨潮时，不管几点，本托都会下到海浪撞击岩石的地方，长久地凝视着黑暗。他抽着一根熄灭的老烟斗，沉思着：

“它一定会来的。我知道，一定会来。”

几周后，朋友们来探望本托。他们冒险乘坐奥利韦拉斯公司[①]的大巴过来。公路上，每一个弯道都是伏击心脏的惊吓。他们从山腰下来，抵达房子。本托正窝在铝制餐盘和木箱中间打盹儿。一张草席上铺着破旧的床垫。本托睡眼惺忪地醒来，向朋友们打了声招呼，但并不十分亲热。他承认自己已经对这所房子有了感情。等找到鲸鱼，他一定要买些家具回来，就是那种可以靠墙站立的家具。但他的雄心壮志要留给大地毯。只要是地面，或者看起来像地面的地方，都要铺上地毯，甚至连房子周围也不例外，因为沙子太烦人了，总是跟着人的脚走。还需要一张特殊的地毯，沿着沙地铺开，将房子和鲸鱼吐出货物的地方连接起来。

终于，一个朋友开门见山说道：

“本托，你知道吗，在马普托[②]，人们都在传你是个反动分子。说你来这里纯粹是为了武器还是别的什么事儿。”

“武器？”

---

① 奥利韦拉斯（Oliveiras）运输旅游公司是莫桑比克最早的公路运输公司，成立于1954年，创始人是葡萄牙人安东尼奥·奥利韦拉斯（António Oliveiras）。莫桑比克内战期间（1977—1992），这是唯一一家持续运营的省际公路运输公司。

② 马普托（Maputo）：莫桑比克首都。

“没错，”另一位来访者解释道，“你看，南非不是正在给那些土匪提供军火吗[①]，他们收到的武器就是走海路运进来的。所以人们才对你议论纷纷啊。”

本托急了。老天，我可再也坐不住了。他不断重复着：我不知道是谁在收受武器，我在等鲸鱼，就是这样。

他们争论起来。本托始终冲在交锋前线。你们怎么知道那鲸鱼不是从社会主义国家来的？阿戈什蒂纽老师——就是咱们都认识的那位——还说过什么都有可能发生，就差看见猪在天上飞啦。

“哎，等会儿，你都开始扯猪的故事了，可大家伙儿还没看到那见鬼的鲸鱼呢。”

来访者中有一位在政府部门工作，说他可以理解，鲸鱼和猪——

“等等，猪跟鲸鱼一点儿关系都没有……”

“好吧，抛开猪不谈，就说鲸鱼，都是帝国主义者编出来的，就是为了让老百姓待着别动，坐等食物从国外运进来。”

“帝国主义者真的一直在编造鲸鱼的故事吗？”

---

① 莫桑比克内战期间，执政党莫桑比克解放阵线党（FRELIMO，简称“莫解阵”或“解阵党”）受到苏联支持，反对党“全国抵抗运动”（RENAMO，简称“莫抵运”或“抵运党”）受到美国和南非政府支持，双方发生长期的激烈武装对抗。本文中的“来访者”认为“土匪”是“莫抵运”成员。根据史实，“土匪”确实是“莫抵运”为控制农村地区所招募的年轻人甚至儿童，他们被训练成杀人武器，令老百姓无比恐惧；但政府军也会闯进学校招募青少年士兵，训练他们制造杀戮，并将罪名推到“莫抵运”头上。因此，民间有“白天士兵，夜里土匪”的说法。（详见《梦游的大地》第19页，译者序，南方家园出版社，2018年）

“没错，就是他们编的。这种谣言……”

“但又是谁给的眼睛，叫人看见了鲸鱼呢？也是帝国主义者吗？”

“行吧，本托，你就待在这儿吧，我们走。”

朋友们离开了，他们坚信那地方有巫术作祟。有人施了法，让本托迷失在愚蠢希望的沙地之中。

一天晚上，大海在无尽的盛怒下咆哮。本托猛然惊醒。他颤抖着，仿佛遭到疟疾的袭击。他摸了摸双腿，是滚烫的。但风中有一丝迹象，黑暗中有一个谜团，迫使他走向屋外。是希望，还是厄运？他走到门口。沙子已经忘记自己的安身之处，像一条勃然大怒的鞭子般抽动着。突然，他在沙子的旋风口发现一席地毯，就是他梦中铺开的那张毯子。如果这是真的，如果地毯真的在那里，那么一定是鲸鱼来了。他试图将视线对准目标，好像要把情感投射出去，但晕眩摧毁了他的视野，他伸出双手，向门槛寻求支撑。他在沙地中穿行，赤身裸体，渺小得有如一只折断翅膀的海鸥。他听不见自己的声音，也不知道自己是否在叫喊。鲸鱼来了，它来了。声音在他脑海中爆裂。现在，他正走进海里，海水冰冷，却燃烧着他紧张的神经。前方有一团黑影，像宿醉后蹒跚的心脏一样，忽远忽近。只可能是它，那条躲闪的、瞬间就会消失的鲸鱼。

等到卸完第一批货物，他要立刻给自己找点儿东西吃，因为饥饿已经争夺他的身体很久了。之后，他再用房子里的旧箱子来处理剩余的货物。

他在水中前行，想着有待完成的工作。海水漫到腰部。他感到很轻松，仿佛痛苦已经掏空他的灵魂。另一个声音不断出现，咬噬着他最后一点知觉。没有什么鲸鱼，这片海水会将你埋葬，为那个安抚你入睡的梦而惩罚你。可是，就这样白白去死吗？不，鲸鱼就在那里，他能听见它的呼吸，那深沉的轰鸣声不再是暴风雨，而是鲸鱼在呼唤他。他意识到自己快要失去知觉了，只有愈发冰冷的海水拍打着他的胸口。那只是编造出来的故事，不是吗？我不是说过，你要有信仰，比怀疑更多的信仰吗？

暴风雨中唯一的居民，本托·若昂·穆萨维勒，不断向大海深处前进，向他的梦想进发。

风雨过境，湖泊的蓝色水域再次安躺于尘世的宁静。沙子重新夺回它们的领地。一座废弃的老房子里，还留有本托·若昂·穆萨维勒凌乱堆放的衣服，上面残存着他最后一次发烧的余温。衣服旁边有一只挎包，里面装着一个梦所留下的光束。有人说，衣服和挎包证明敌人确实存在，专门负责收受武器；他们还说，那些武器应该是靠潜艇运输的，最终，在口口相传的故事里，潜艇变成了基西科海岸的鲸鱼。

老人约西亚如何从洪水中获救

1. 关于久远时光的记忆

大地正在与八月闲聊。老人约西亚驻足聆听，心想，月份住在彼此的肚子里。他还猜测日子何时到来，穿什么衣服，是什么颜色。他知道雨水将至，预感到雨滴会在沙地上敲奏着马林巴木琴。

“水会阅读地面，轻舔大地的伤口，就像一只流浪狗。”老人说。

他恢复沉默，目光投向高处，谨慎地测量云层。

“看样子雨只下一半。大地一定能很好地容纳这些雨水。”

做这番预言的时候，老人饱含希望的双眼变得柔和，一支绿色植被组成的游行队伍占据了他的梦。

“玉米会管我叫主人的。”

他颇有经验，为丰收的喜悦即将提前到来而笑容满面。但二十年前那场大饥荒的记忆突然袭击了他。老人逐渐向睡意屈服，现在他的思绪已经躺倒在回忆的阴影之中。

他记得很清楚：祈雨仪式在酋长家一场接一场地办。但除了喊几句话，祈求毫无用处：没有一滴雨被说服，愿意落下。之后的三年里，长者们坚持祈雨，不断与那些指挥雨水意志的亡灵对话。

那天上午，他们一早就开始宰杀公牛。女人们准备了玉米酒，也就是恩戈沃酒。

仪式上，长者们祈求亡灵允许降雨。之后，他们要将酒倒在坟墓上，供死者饮用。

“我来把这些装酒的锅带过去吧。”约西亚自告奋勇。

人们给了他这份祭酒的虚荣。约西亚怀着敬意，沿着铺满滚烫沙砾的小路离开。一路上，他可怜自己疲惫不堪的双腿，停下了脚步。几口锅很沉。炎热与干渴暗中向他鼓吹馊主意，发出嘈杂的邀请。

他喝了，闭上眼睛，对玉米酒的声音充耳不闻。他又喝了三次。没错，酒精开始借黄昏的浓雾笼罩理智。那几口锅正朝着他笑，温软而饱满。约西亚喃喃自语：就像阿尔曼达在跳舞，她心知肚明，那就是挑逗。

“你们呢？你们是在刺激我的血！”

他说得很慢，词语打成了卷儿，大脑无法进入思绪。阿尔曼达的声音警告他喝供酒会受到惩罚，试图补全他缺失的理智。他又对那几口锅说：

“姑娘们，你们正在毁掉我的生活。想用这种方式来诱惑我吗？那还不如再找几块卡普拉纳砸死我算了。我一定会完成他们交代的任务的。”

他想站起来，但身体很沉重。他是喝了酒，但只喝了一半：另一半全倒在胸口上了。当他发现时，酒已所剩无几，锅底只留了一丁点儿。约西亚陷入恐慌：该如何向长者们解释呢？要怎么对全村人说，恩戈沃酒已经偏离自己的命运？他得想个办法补救这张嘴的错误，是它掀开了厄运的锅盖，现在他得重新盖上。

他经过一口废弃的水井，朝黑暗深处探去。井底下，有一摊静滞的死水，等待着他的机敏巧思。只要把那臭烘烘的水加进去，玉米酒就会再次填满陶锅。死人不会注意到区别的，他们的味觉早已忘记罪恶的美味。

他一边思考，一边像矿工一样，沿着旧井的墙面下去。他双手抓墙，身子悬空，双腿探寻着底部。突然，墙塌了。那几面墙倒下来，仿佛整个天空碎成了沙子和尘土。世界重重地踩到他胸口上。娘啊，看来我只能留在井底，没人找得到我了，约西亚哭着说。

他一动不动地待在那儿，被掩埋着，睡在死亡的郊区，被驱逐出光明与空气的领地。几个小时过去了，他想起一去不复返的往事。关于阿尔曼达的回忆来拯救他了。他紧紧抓住那份回忆的清凉，她的面庞是约西亚最后的信仰。

其他人来找他时会怎么做呢？他们会猜到他在地底下，然后像鼹鼠一样为他刨出一线生机吗？他们会不停地剥开土地，直到把他找出来吗？

可是连希望也丧失了意志。被救有什么意义呢？喝下沙子，沉入井底，告别这个世界，这一切与接下来要发生的事相比简直微不足道。没有人会接受他偷喝玉米酒的借口，阿尔曼达也不会接受。

当他从井底出来，将不得不选择一个遥远的地方，在那里生活，删除过往，无名无姓地老去。

2. 洪水漫溢的蓝

什么？上帝已经放弃了人类？他不关心大地的不幸吗？

雨一直下，井口开始吐水。连青蛙和蛇都无家可归。老人问道：

“苦难啊，你为什么不歇一歇？等过一阵子再来……”

但死亡的命运总是来得如此猛烈。雨越下越大，十一月的下午越来越潮湿，杵头和草席在院子里一起滴水。

老人坐在呻吟声的阴影处，只有他的叹息在做梦，其余的都在共谋屈从。人可以就这样死去吗？

但他早已学会在灵魂中播撒一剂良药，那就是“一定会来”的信念。他安慰自己：

“玉米粉一定会来找我的，我知道。”

渐渐地，四周的雨停了。河流紧紧攥住天空，再没有什么巫术能解开水的纽带。也许太阳会因为残留的热气而带走全部的蓝。但它没有。太阳沿着锌皮屋顶滑动，什么都没有喝，靠一个陌生人的祭祀便足以存活。

“太阳的嘴已经不够用咯。”老人感叹道。

3. 救援

水涨高了，万物都在游泳。当周围的一切都弥漫着雾气时，一艘马达船出现了，上面坐着两个黑人和一个白人。是那个白人在说话。话里透着尊重，那是老人过去从未听见过的。不过，这说的究竟是什么词儿啊？一直以来，顺着他的名字爬上来的只有脏话，葡萄牙人的语言只会朝他的家庭射击。如今这门语言已经不按主人的方式使用了吗？

“这一定是为了让我远离农田和财产而想出来的奸计。”

可是看起来又不像。那些人想让他上船，他们是来救他的。

老人挠了挠头，手从后脑勺刮到前额。

“去哪儿啊，过了这片水域不还是水？难道你们看不出来，上帝就想让我们变成鱼在水里游吗？”

两个黑人也说话了，一样的内容：不上船的人必死无疑。老人一脸不相信地笑了：

“这是救我吗？救我免遭什么呢？”

老人想起约翰矿井那场灾难。火在巷道里散布厄运，吞噬着生命和躯体，是的，那就是死亡。救援队赶到时，他像个迷路的孩子一样坐在那里哭泣。但救援人员没有停下来帮助他，而是继续搜寻更有价值的生命。一个矿工拽住他的胳膊喊道：

“你想变成柴火吗，老兄？”

柴火？木头尚未燃烧便已经是柴火。他明白了，成为柴火，意味着就这样死去，无人为我们哭泣。人们只会把你的编号从雇佣名单上划掉。但烟雾穿过悲伤进入他体内，肺部勒令他再找一个地方呼吸。一个人若是有活下去的意志，就总有办法自救。其他人只是这个意志的养料罢了。

于是约西亚顽强地活到了今天。

约西亚被救两次。人们救他脱离死亡，却没有救他脱离生活。对别人，尤其是对那些帮助过他的人来说，救援意味着嘉奖和报纸上的照片。但没有人提到，他，约西亚·达米昂·若瑟内，还像从前那样活着，拄着贫穷的拐杖。

“救一个人应该帮到底，”他总结道，“不是扶一个人起来就立马抛下他，再也不关心他以后过得如何。活着喘气是不够的。我以我的名誉起誓，生活远比这更多。”

就这样，约西亚对“死还是不死”的问题作出了决定。

眼下这种情况，要搬去哪里呢？前方只有水，这艘船离开的地方也是水。甚至这已经不是船，而是一座装了发动机的岛屿。如果难逃一死，那我宁愿选择眼下这种死法，是它游向我，游到了我的家。水下这片土地已经拥有我的双手，我的生活就埋葬在这块土壤之中，现在只差我的身体了，仅此而已。

救援队开始对老人的絮叨不耐烦起来。这老头儿到底想要干什么？白人问道。其他人也不翻译，只是笑。老家伙疯了，我们得强行把他带走。没时间了，还有其他人等着救援呢，这老头儿脑子不清醒。

“让我留下吧，我不能在远离生活的地方死去。”

他们抓住他的胳肢窝，让他坐在船后座上，还拿了条毯子给他盖着。

“你没有家人吗？”

是白人在问。家人？也许你们现在就是我的家人，承担了救我这桩麻烦事儿。约西亚还想继续回答，可他颤抖得太厉害了。

“你们用家乡话问问，他家人是不是就在这附近？”

两个黑人问了。约西亚花了点时间才回答，他想好好组织一下葡萄牙语。他用旧毯子紧紧裹住自己，目光投向四面环绕的大海，仿佛在问它覆盖着哪些事物。

“水里也不冷，为什么不让我留在那儿呢？”

其他人笑了。他们给他肩头又披上一条毯子，还递上一杯热茶。老人用瘦削的手指颤抖着握住铝制杯子。心头涌上一股奇怪的热流，不知道该怎么翻译。一个愿望席卷而来：他差点就想永远留在这艘船上。他渴望这趟旅途没有终点，就像期待人们能救他脱离时间而非脱离洪水一样，仿佛他们不是将他从北方解救出来，而是从他那可怕而孤独的等待之中。

他用孩童的目光凝视着吞没大地的黑暗，黄昏入夜，逐渐笼罩一切。

黑夜撒谎，说它能杀死人的疲倦，约西亚闭上眼睛时心想。

重现者的故事

这是事实：死人不应该越过那个世界的边境，重新出现。他们只会扰乱我们的悲伤。我们确切地知道：某人消失了。于是我们安慰寡妇，流尽了眼泪。

也有一些人反着来，明明已经死了，却执意要出现。这事儿就发生在某个村子里。大水把那村子连根拔起，从地上冲走，一点儿疤痕都没留下。许多人获救，但路易斯·费尔南多和阿尼巴尔·穆卡维尔消失了。他们死在水里，像鱼一样被汹涌的河流捕获。他们的死亡被确认为事实，直到一天下午，两个人又出现了。

活着的村民问了很多问题，还惊恐地叫来民兵。雷蒙多来了，他举起枪，就像举起一把锄头。可是他也吓得直哆嗦，一时间不知道该说什么，只好说：

"请出示旅行证。"

"你疯了吧，雷蒙多。快把枪放下。"

听到死人开口说话，雷蒙多鼓起勇气，命令他们退回去：

"从哪儿来的就回哪儿去。别想耍什么花招，你们一定会被打败的。"

谈话无果。负责治安监察工作的埃斯特旺赶来现场。路易斯和阿尼巴尔获准进入村子，向组织解释来历。

“你们已经销户了，打算住哪儿啊？”

两个重现者为自己受到这种待遇而感到十分难过：

“我们是被河水卷走的，谁知道被冲去了哪儿。你们现在是把我们当成了渗透者吗？”

“等等，我们得去跟管社会事务的干部谈谈。他知道怎么处理这个问题。”

阿尼巴尔更伤心了。现在我们倒变成问题啦？一个人又不是一桩离婚案，一场官司。不是你们有什么问题要解决，是一个完整的生命需要妥善对待呀。

村干部来了。是个胖子，肚子好奇地向外窥视，像一把三角形的巴拉莱卡琴。他怀着对死者应有的敬意向两人问好，然后解释二位死者毫无预警地归来，会给村里带来怎样的困难和负担。

“二位看啊，上头送来了一些捐赠物资，像救灾衣物、锌板[1]什么的。东西是不少，但二位不在我们救助计划内呀。”

阿尼巴尔一听他俩被排除在外，顿时激动起来：

“怎么不在？你们就这样随便把一个人除名吗？”

“可是二位已经死了呀，我也不知道你们怎么会出现在这里。”

“怎么就死了？您不相信我们还活着吗？”

“也许吧，我也糊涂了。但活着还是死了，这事儿最好跟其他

① 在莫桑比克，锌板通常用来建造屋顶。

人员再讨论一下。”

于是一群人来到村委会。重现者解释来历，却没有证据，无法证明自己所言非虚。一个人像鱼一样被水捞走，只会拼命寻找空气，哪里还顾得上别的。

经过一番磋商，埃斯特旺很快得出结论：

“是不是真的死了，这不重要。如果你们还活着，那更糟糕。还不如趁着发大水死了呢。”

另一个村干部，就是那个肚子凸得像巴拉莱卡琴、跟纽扣作斗争的胖子，补充道：

“我们不能去请示区级组织，告诉他们出现了两个鬼魂。上面会说我们在搞迷信。大伙儿甚至会受到处罚。”

“没错，”埃斯特旺表示赞同，“我们可是上过政治课的，你们是鬼魂，不是像我和新村民这样的物质实体。”

胖子还补充道：

“要养活二位，就得申请增加物资配额。我们要怎么说明缘由呢？难道就说要喂饱两个鬼魂吗？”

谈话到此结束。

路易斯和阿尼巴尔从村委会出来，又困惑又沮丧。外面有一大群人好奇地围观他们。两个重现者决定去找萨穆埃尔老师。

萨穆埃尔在家里接待他们，解释为什么他们不在配给名单上。

“这里的官员和其他地方的村官不一样。他们会挪用物资。捐赠品首先会分配给他们自己的家人。有时候他们会说物资不够，其实他们家里盈箱溢箧。”

“为什么不告发？”

萨穆埃尔耸耸肩。他朝火里吹气，为火光注入新的力量。火焰的红色花朵在小屋里散发着光的芳香。

“听着，告诉你们一个秘密。有人向上级组织举报了。据说这周就会有一个调查委员会来核实指控内容是否属实。你们应该抓住机会，向这个委员会反映你们的情况。”

萨穆埃尔表示可以提供他们食宿，直到调查委员会来村里。

阿尼巴尔靠在屋子后墙上坐着，思绪万千。他久久地盯着自己的脚，然后嘟囔着，仿佛在跟那两只脚说话：

“天爷呀，我们对自己的身体太不公平了。哪个部位最容易遭到我们忽视？就是脚啊，可怜的脚，为了支撑我们，匍匐前行。是它们承受着悲伤与幸福。可是眼睛与脚离得太远，我们便任由脚孤零零地待在下面，好像那不是我们的一样。

“只因为我们在上面，就去践踏双脚。世间的不公就是这样开始的。如今这情况，我和路易斯就是那两只脚，遭人蔑视，已经陷到河泥里去了。”

路易斯走过来，照在他身上的光比一个影子还要微弱。他问阿尼巴尔在嘟囔什么。阿尼巴尔就把自己如何发现脚的事儿告诉了他。

“你最好想想怎么向这帮人证明我们是活人。”

“你知道吗，以前我很怕丛林，那里一个人都没有。我以为自己只能在人群中生活，做别人的邻居。现在，我不这么想了。我想回到动物生活的地方。我怀念自己什么人都不是的状态。”

“快闭嘴吧，这话听起来已经很像鬼魂在聊天了。”

俩人都不说话了，生怕这颤悠悠的活人身份随时逆转。他们不停地摆弄东西，在地上蹭来蹭去，仿佛想确认身体是真实存在的。路易斯问道：

“会不会是真的？也许我们真的死了呢？有没有可能他们是对的，或者是我们重生了？”

“或许吧，兄弟。你说的都有可能。但你们被指责，被遗忘，名字被划掉，无人理会——这都是不对的。”

那是萨穆埃尔老师的声音。他拿着几个芒果走过来，分给两个生命的候选人。路易斯和阿尼巴尔开始给芒果去皮，萨穆埃尔继续说道：

“无论你们是死是活，都属于我们的村子，忘记这一点是不公平的。毕竟，当初村民不得不抗击土匪、保卫村庄的时候，你们不也拿起了武器吗？”

“是啊，我还被敌人的子弹打伤，吃过不少苦头呢。看这儿。”

阿尼巴尔站起来，指着他受伤的证据，那是死亡在他背上刻下的一道深深的划痕。

“大家都知道你们应该算到配给名单里。是恐惧，只有恐惧，才让他们闭口不言，接受谎话。”

阿尼巴尔依旧站着，握紧了拳头，好像要挤出怒火。芒果甜蜜而悲伤的汁液滴到地上。

“萨穆埃尔，你了解生活。你不觉得我们就此离开，选择另一个地方生活会更好吗？”

“不，阿尼巴尔。还是留下吧。我相信你们一定会赢的。再说，要是一个人因为被打败了而背井离乡，那这个人就不算活着。他找不到其他地方重新开始的。”

“那你呢，萨穆埃尔？你也不相信我们是活人吗？”

“安静，路易斯。让萨穆埃尔给我们提点儿建议。”

“那些给你们使绊子的人必会倒下。不属于这里的是他们，不是你们。留下来，我的朋友。帮我们解决问题。我们也同样不受重视：虽然活着，但好像少了一部分生命，仿佛只有一半活着。我们不想这样。”

路易斯站起来，注视着黑暗。他在屋子里转了一圈，又回到中间，靠近老师并说道：

“萨穆埃尔，你不害怕吗？”

“害怕？可是，这帮人必须倒台。这不就是我们战斗的目的，要干掉这群人渣吗？”

“我说的不是这个，”路易斯回答道，“你难道不怕被他们抓到跟我们在一起吗？”

“跟你们？但说到底，你们存在吗？我又不能跟不存在的人待在一起。”

三人笑了。他们起身，在门口道别。阿尼巴尔进屋前又喊道：

“嘿，萨穆埃尔！战斗还没结束呢！”

三天后，调查委员会到了。随行的还有一位记者，他对路易斯和阿尼巴尔的经历很感兴趣，承诺会帮忙解决问题。如果事情得不到妥善解决，他就在报纸上曝光那群村官。

委员会忙了两天。然后召集村民举行全体大会。大院儿里挤满了人，听到消息的村民全来了。委员会主任郑重宣布调查结果：

“关于出现在村子里的两名外来者，经委员会全力调查，现作出以下正式决定：路易斯·费尔南多同志和阿尼巴尔·穆卡维尔同志应该被视为现有村民。”

掌声雷动。听众更像是松了一口气而不是开心。发言人继续说道：

“然而，我们要正告两位重现者，绝不可再次离开村庄、离开所处生活环境或其他任何场合。本次情况，我们做宽大处理，如有再犯，决不姑息。”

此刻，全体大会成员怀着坚定的信念，真心实意地鼓起掌来。第二天，路易斯·费尔南多和阿尼巴尔·穆卡维尔开始办理生存证明文件。

前途扭曲的女孩儿

若赛尔多·巴斯坦特是一个小镇机械师，喜欢到处偷听，为他的生活谋求出路。每当有旅人路过或是车辆经停，他就会凑上去偷听。就这样，他听说了一条路子，正适合他的大女儿，小菲洛梅娜。一整个星期，不断从城里传来消息，说一个年轻人能像蛇一样扭转身体，靠此名利双收。那小伙子早先被一个企业家雇来展示技巧，扭转身体，叫人分不清前后。他走遍各地，人们争相前来观看。于是年轻人挣了不少钱，盒子、箱子、锅碗瓢盆里都装满了钱财。这仅仅是因为他能折叠卷曲脊柱和附属关节。柔术演员的故事被卡车司机口口相传，每个人讲的时候都要对他超强的柔韧性再添油加醋一番。他们甚至说，有一次表演，他的身体像腰带一样，自己打成了结，得亏有企业家帮忙解开“绳结”，否则，小伙子直到今天还绑着自己呢。

若赛尔多想到他的生活，他的十二个孩子。去哪儿才能找到未来，分配给这些孩子呢？十二份未来，在哪儿呢？于是他下定决心：小菲洛梅娜必须成为柔术演员，让卡车司机们沿着一条条遥远的公路介绍她的事迹，令她声名远扬。

“从此刻起，你要练习弯曲身体，头要顶到地面再翻上来。”

小女孩儿开始体操训练。她进步缓慢，努力适应父亲的喜好。为了加快训练进度，若赛尔多·巴斯坦特从修车厂带回一个巨大的汽油桶。晚上，他把女儿捆在汽油桶上，让她的背紧紧贴住桶的曲线，成为它的新娘。早晨，女儿还没完全睡醒，他就用滚烫的水浇她：

“热水能让你的骨头变软，适应性更强。”

当他们解下绳子把女儿放下来时，小菲洛梅娜整个身子都向后扭曲着，血痕纵横交错，骨骼也错位了。她抱怨疼痛，还说感到头晕。

“你不能光想要财富而不付出代价。”父亲回应她。

小菲洛梅娜肉眼可见地皱成一团，像一只经久不用的钩子，一块被丢弃的破布。

“父亲，我身上好疼啊。让我睡在草席上吧。”

“不行，孩子，等你有了钱，你甚至能睡在床垫上。家里每一个人都会睡得很香，人人都有自己的床垫。你会发现我们睡到下午才醒，蝙蝠都比我们早离开。”

日子一天天过去，若赛尔多一直等着那位企业家路过小镇。在车间，他的耳朵像天线一样搜索未来雇主的消息。读报时，他的眼睛像猎犬一样搜寻着拯救者的踪迹。但是白忙活一场。企业家正在他不知道的地方敛财呢。

这期间，菲洛梅娜的情况不断恶化。她几乎不能走路，开始呕吐，好像要把整个身体从嘴里吐出去。父亲警告她不要如此脆弱：

“要是老板来了，可不能让他看到你这副鬼样子。你应该是个柔术演员，不是呕吐专业户。”

若赛尔多·巴斯坦特焦灼地等待着，几个星期一点一滴地流逝了。在一个这么小的地方，日常发生的都是些小事儿。大事件可从来不是原住民，它总是从外面来，震动灵魂，燃烧时间，然后抽身而退。它走得如此迅疾，一点儿灰烬都不会给居民留下，就算他们喜欢，也无法重新点燃那团火。有些地方就是让世界停下脚步，从那千年不休的旋转中歇口气的；机械师生活的小镇就是这样一个地方。

时间继续用虚无填充自己。直到一天下午，若赛尔多从一个卡车司机那儿听到命运降临了：企业家正在城里，准备举办一场演出。

机械师丢下手头的活儿，飞奔回家，对妻子说：

“快给小菲洛梅娜穿上新连衣裙！”

妻子很奇怪：

“可这孩子没有新连衣裙啊。”

“我说的是你自己的连衣裙。你的，女人。”

他们让女孩儿站起来，给她套上妈妈的连衣裙。那衣服又宽又长，一看就知道尺寸不对。

“把头巾摘了。艺术家从不在头上包什么布。来，给她编个辫子，我去取钱买火车票。”

“你去哪儿弄钱？”

“不关你事。”

“若赛尔多？”

“别烦我了，婆娘。”

几小时后，他们出发去城里。火车上，机械师对自己的想法很得意：果实不能急于采摘。它需要时间，从青涩长到成熟甜蜜。如果像其他人那样心急，早早找了别的办法，就会错过这条出路。他要骄傲地对那些心急吃不上热豆腐的人说：“等待”和“干等”可不是一码事儿。

在铁轨的晃动中，若赛尔多·巴斯坦特即将把年轻的女儿托付给星辰的命运，也托付给众神掌管的财富。他看了看女孩儿，发现她正在发抖。他问怎么回事，小菲洛梅娜抱怨说很冷。

“冷什么？这么热的天儿，哪里冷？”

他还真的找了找寒冷在哪儿，就好像温度也有身体，能在眼睛打寒战时被触碰到一样。

“别管它，孩子。等烟雾飘进来就暖和了。”

但女孩儿的颤抖一直在加剧，甚至比火车震动还要厉害。宽松的连衣裙都无法掩盖她剧烈的抖动。父亲脱下外套，披在菲洛梅娜肩上。

“现在能不能别抖了，外套都要被你抖散架啦。”

他们抵达城市，开始寻找企业家的办公楼，沿着一条又一条无尽的街道不停地走。

“天啊，孩子，怎么这么多街角！还都长得一模一样！”

机械师拖着女儿，却总是被她绊倒。

“菲洛梅娜，给我站直了。否则人们一定会要我把你送进医院的。”

终于，他们找到那座房子，进去后被安排在一个小房间等候。小菲洛梅娜在椅子上睡着了，父亲则做起发财梦，乐不可支。

企业家直到傍晚才接见他们。他毫不犹豫地回答机械师：

“我不感兴趣。”

“可是，老板……”

“不用浪费时间。我不需要。人们见多了柔术，已经没感觉了。”

“没感觉？您看看我女儿能用头做出什么动作……”

“我说了，不需要。这个小姑娘病了。”

“她？这孩子像钢铁一样结实呢，不，像树胶一样。她只是一路上有点儿疲惫，仅此而已。”

“现在我唯一感兴趣的是那种长着钢牙的家伙。你们有些人牙口好，啃得动木头，还会嚼钉子呢。”

若赛尔多不好意思地笑了笑，道歉说自己帮不上忙：

“我是个机械师，没别的能耐。只能用手拧一拧螺丝钉，不能用牙齿。”

父女俩告辞后，企业家依旧坐在宽大的椅子上，想起那个小女孩儿套着别人的连衣裙，如此瘦弱，他感到很好笑。

回去的路上，若赛尔多对命运破口大骂。“牙齿，现在又换成牙齿了！”菲洛梅娜在他身边，吃力地拖着身子往前走。他们上了火车，等待回程的列车启动。父亲逐渐冷静下来。他似乎在观察车站上人来人往，其实视线并没有穿透车窗。突然，一道光点亮了他的面庞。他抓住女儿的手，却没有看她：

“这倒是真的，菲洛梅娜：你有一口坚硬的好牙！你妈妈不就是这么说的吗？”

由于没听到回答，他晃了晃女儿的胳膊。就在这时，小菲洛梅娜的身体扭曲着坍塌了，仿佛没有重量一般，瘫倒在父亲怀里。

帕塔诺卡[1]，痴情的捕蛇者

是帕塔诺卡杀死了木沙塔兹纳[2]那间店铺的主人——中国女人米西瑟。

他为什么杀人，我不知道。众说纷纭，每个人都有自己的理由。我问了，也得到了回答。我要讲一讲这个故事。不，是故事的碎片。撕裂的碎片，就像我们的生活。我们拼凑片段，却永远无法补全整个画面。

有人说，她没有被任何人杀害。她就这样死了，死于身体内部，是血液导致的。另一些人说看到了伤口，毒药从那些伤口进入死者体内。

我不想揭示真相，毕竟我从未了解真相。如果说我捏造，那也是生活的过错。说白了，真相不过是虚假问题所生的穆拉托女儿罢了。

就从米西瑟讲起吧。

---

① 帕塔诺卡（Patanhoca）：捕蛇者。——作者注

② 木沙塔兹纳（Muchatazina）：莫桑比克中部城市贝拉（Beira）的一个街区。

1. 远道而来的寡妇

米西瑟是寡妇，中国人，一个神秘的女人。她的店铺在大路尽头，再过去就只有穷人走的土路了。店里没有开门和打烊的时间，一切由她心情决定。是早是晚，她说了算。

快乐离开她的生活，忘记了回来。悲伤是她身上一条紧锁的铁链。甚至有人说她是中国女巫，她遥远的家乡在云雾中飘浮，侵蚀着她的灵魂。

谁也不知道她是怎么来、怎么辞别她的同乡的。还有中国，所有人都知道，那儿可真是山高水远。从中国来到这儿，需要的时间是如此漫长，都足够一个人改变自己的肤色了。邻居和顾客经常互相打听她去世的丈夫。而米西瑟的夜晚——她又会与谁共度寒冷的夜晚？谁来为她扑灭黑暗呢？

她刚来到木沙塔兹纳街区的时候还年轻，当年认识她的人都说她很漂亮。葡萄牙人偷摸儿地跑去造访她的美貌，但他们得不到青睐，只能当无名氏的备胎。寡妇把自己包裹在酸楚中，变得越发孤寡。那些葡萄牙人（甚至还有富人）垂头丧气地离开，在院子里停下脚步，躲在腰果树的树荫下。为了泄愤，他们抢走树枝上的果实。腰果是太阳悬挂的血滴，是我们饮用的甜蜜之火。然后他们走远，悄声说着威胁之词。

每周六，寡妇都要滑倒在巴祖卡酒[1]中，一瓶，两瓶，更多瓶。一直喝到啤酒浸润全身的血液才停下。

---

① 巴祖卡酒（Bazuca）：莫桑比克一种大瓶装啤酒。

店里亮着灯，发电机呼呼作响，只为把那道光芒推挤出去。烟雾与神秘透窗而出，中国女人点的香令月光成瘾。在这样的时刻，寡妇的疼痛清晰可闻。尖叫声在走廊里化为碎片，她的声音在一口幽暗的井里盘旋。一天晚上，人们终于听清她在尖叫什么："我的孩子！把孩子们还给我，凶手！"

原来她有孩子？怎么没人知道呢？邻居们惊诧地听着她的哭喊。寡妇呻吟，尖叫，嘶吼。人们想伸出援手，平息她的狂怒，但无人能抵达她身边。那里永远，永远只有阴影。死亡是房子周围唯一的花园，圈禁着寡妇的绝望。

2. 帕塔诺卡，蛇技师

帕塔诺卡是个可怜人，生活的好运气全被夺走了。不知是什么东西拔去了他的双唇，他的嘴没有上下，牙关紧闭，从不松开。嘴巴因为从不眨动，看起来像一只嫉妒的鬣狗。一个活人能把他的整个灵魂藏在牙齿后面吗？或许这是对帕塔诺卡的惩罚。人们说他是木沙塔兹纳街区的魔鬼，变成了现在这副模样。骗人。谁说得准魔鬼的脸长什么样儿？会很丑吗？恰恰相反，魔鬼的面容是最美丽的，好诱骗我们去选择丑陋。于是某个男人便不再追求女人：他爱蛇、爬虫和那些不需要美丽的东西。捕蛇者把自己教育成了一个单身汉。

早晨、午后以及其他时候，帕塔诺卡总是把自己和那些蛇关在一起。作为蛇技师，他会刮去蛇鳞片上的"锈迹"，炼制毒药。那是失去生活技能之人的艺术，是来自地狱的智慧。我们根本没有必要去探寻他生活背后的真相。帕塔诺卡真的知道毒蛇的秘密吗？答案无从考证。那些质疑他的人，就算真的有，我们也从未听说过。

黄昏驱散日光的时候，帕塔诺卡就会出门。黑暗稳稳托住他的煤油灯，道路一片昏暗，但帕塔诺卡仍然朝着寡妇的店铺迈出脚步。

到了目的地，他便熄灭油灯，开始施法。店铺的院子就是他的栖息地，而他是一只猫头鹰，执着于米西瑟的灯光。帕塔诺卡为什么总在那里过夜？难道只是为了消遣吗？不，确有原因，那就是爱。

羞耻心束缚着捕蛇者的激情。能注视她已是阴影与寂静对他唯一的馈赠。展示真心而不显现身体，对她好，提供帮助——这就是若昂·帕塔诺卡决定悄悄去做一辈子的事情。一个寡妇难道不是比任何人都要孤单吗？保护她的臂膀究竟在哪里呢？

这条臂膀就是帕塔诺卡。他有能力使盗贼远离店铺。人们说，每天晚上，他都要在房子四周放蛇，数量之多，连沙子都会在夜幕下中毒。人不需要被蛇咬到，只要踏进院子就会中招。早晨，没有蛇主人的允许，任何人无法进出。他的意念可以横扫院子，废除边界。所有这些守护的工作，帕塔诺卡不求任何回报地做了。他的目光总是锁定在寡妇身上，那已经不是一双眼睛，而是中国式奇想的仆人。

3. 第一夜：邀请

有一次，寡妇打开了门。她是赤裸的吗？还是月光欢喜地消除了她的衣裳？她招了招手，帕塔诺卡待在原地，没有露面。她用母亲一般的声音召唤他：

“走出黑暗，到屋里来吧！”

他没有动，继续做一个守护惧怯的哨兵、对幸福一字不识的文盲，不肯向前踏出一步。她再次召唤，这一次，声音有些沙哑。她走下台阶，身体在黑暗中前倾，闻到毒药的气味在空气中散布恐惧。她从未见过一种气味可以如此庞大。

“回屋里去，米西瑟！”

帕塔诺卡命令道。这是他第一次开口说话。单词像一口痰喷吐出来，带着刮擦的声音，还丢失了“p”和“b”这样闭合嘴唇的音。知了不叫了，夜晚感到窒息。寡妇假装没有听到，毫不犹豫地继续往前走。帕塔诺卡再次警告：

“小心，有蛇！”

她停下脚步。帕塔诺卡走近了些，但还是藏在暗处。他递给寡妇一个小布袋：

“把这茶泡一泡，这是解药。”

“不，我不需要。”

“不需要？什么意思？”

“我只想要你住在这儿。”

“住在哪儿？”

“和我一起，在这里生活。留下来吧，若昂。”

他开始颤抖：若昂？他闭上痛苦的眼睛：仅仅是一个单词，一个如此渺小的东西，就能给人带来这样大的伤害吗？

“再也不要提那个名字，米西瑟。”

她继续往前走，每走一步都更加渴望倚靠他的影子。

“若昂？那是你的名字，为什么不能提？”

寂静向知了授权，人与昆虫轮流说话，这就是自然的法则。

男人会哭泣吗？会的，倘若能唤醒他内心的孩子。帕塔诺卡哭了，但他不知道如何流泪，他没有嘴唇。

“为什么你不再回来？”

“我是帕塔诺卡，这就是我。‘帕塔诺卡’并不只是别人起的一个名字。我有动物的嘴，却没有人类的脸。”

“不，你是若昂，我的若昂。”

他诉说自己的哀愁，说他的生活已经支离破碎，要拾起那些碎片总是太晚。中国女人对他的哀叹感到厌烦：

“那就让我出去吧。解除这座每晚囚禁我的牢笼。停止恐吓，带走这些缠绕我生活的毒蛇。”

帕塔诺卡恼羞成怒，将小布袋扔到地上，离开了那团温暖他悲伤的光晕。

4. 第二夜：显影

又一天晚上，帕塔诺卡早些回到院子。寡妇已经坐在台阶上，像一位身披香气的女王。首饰偷走了她的年龄，使她的皮肤闪闪发亮。帕塔诺卡忘记要在黑暗中遮掩羞耻，他靠近寡妇身后，呼唤她，女人却毫无反应。

“米西瑟？”

寡妇抬起双眼，他开始颤抖。那是女人二十年的光阴，是所有追逐欲望的猎人最渴求的嘉奖。

“米西瑟，你在得寸进尺。蛇会咬你的。”

她腾出下面一个台阶，邀请道：

“坐这儿吧，若昂。我们谈谈。”

帕塔诺卡后退一步。

“不，你就在那儿说。我听着。”

“若昂，靠近点儿。我发誓，我不看你。我就对着你的后背说话。”

他同意了，但仍然蜷缩着身子。

“你想说什么？”

“没有其他男人，也不会有其他人。只有你，你一个。”

“为什么要毁掉我的生活，米西瑟？”

“别谈这个，拜托。”

“我们必须谈。”

她不说话了。回忆令她痛苦，口中不再是唾液，而是鲜血在推动着话语。

“是你杀了他们，若昂。”

“那是谎言。是蛇。”

她情绪激动起来，嘴被愤怒绊倒，说话也不顺畅了：

“谁带来的蛇？不是你吗？我警告过你，还求了你那么多次：把蛇从这儿弄走，叫它们消失。可你总回答说你是个艺术家，哪门子的艺术家啊！”

“我一直是个艺术家，现在也是。那天晚上我只是喝醉了。我的秘密逃走了，就是这样。”

她哭了，甚至不再掩面。月光把她的眼泪编成辫子。珍珠诞生了。真相的灼痛与嫉妒一同消退。他试图补救伤害，却无计可施。

“他们是谁？不过是没有前途的孩子。中国-穆拉托孩子，没有种族的种族。人们生孩子是为了更加……”

“闭嘴，帕塔诺卡！”

她猛地起身怒喝。然后摔上门，在屋里抽泣。

帕塔诺卡站在那儿，双手合在胸前，想要道歉却不得要领。米西瑟的声音传来，控诉着他：

“大家都觉得你是好人，可你不是。他们认为你在用那些环绕夜晚的蛇帮助我。但我知道，只有我知道，蛇是用来禁闭我的。你想把我拴一辈子，这样我就不会跟其他男人跑了。”

帕塔诺卡缓缓地走开，为她的话而难过着。但感受那种疼痛几乎是件好事儿，有时候，他会长久地想着寡妇说的话：

“你是个恶人，帕塔诺卡。不是你选择了蛇，是它们选择了你。”

他放任自己离开，做灵魂的醉鬼。嫉妒别人，嫉妒活着的人，这就是他的邪恶之处。其他人，无论美丑，总可以在白天有来有往。只有他，连交往所必需的“货币”都没有。其他人抽烟、亲吻、吹口哨，他们值得被问候，听人道一声日安。只有他厌烦所有人。中国女人米西瑟早已偷走他的火焰，那是可以在他人身上点燃的激情之火。

5. 第三夜：睡梦的忠告

倒数第二个晚上，帕塔诺卡还在自己家里。

他躺在草席上，整理思绪：

“是的，我杀了那两个孩子。但我不是故意的。那天晚上酒精扰乱了我的手。我拿错解药了。那个中国女人也狠狠惩罚了我。”

他闭上眼睛，那段畸形的回忆仿佛在隐隐作痛：她用酒瓶愤怒地殴打他的头，瓶子砸碎了，玻璃刺进他的皮肉。血和啤酒流到一起，变成同一团泡沫。她的尖叫声落在地面上，逐渐消退；他也倒在地上，逐渐黯淡。所有人都以为他死了。连米西瑟也这么认为，把满脸伤痕和碎玻璃的他丢给了夜雾，然后搬到城市郊区，开了那间新店铺。

他在黑暗中爬行，靠双手和外界的声音强撑着一口气，带他走过只有他自己知晓的道路。他想忘记那个中国女人，可是做不到。他把生命之船投入别的水域，但同一股水流拴住了船。

他决定搬到她住的街区，隐藏起来，就像奔赴命运的猎人。他找到她，发现自己还没有被取代。米西瑟把追求者统统赶到街上，不管他们是否有钱有势。也许她还在等他？

胆怯和羞耻不允许他露面。于是他用蛇展示自己，派它们驱散盗贼的威胁。米西瑟是否尝试过理解他，帕塔诺卡永远不得而知。她似乎一如既往，依旧是一个没有期望的寡妇。她的平静会是谎言吗？

就这样，若昂·帕塔诺卡，木沙塔兹纳街区的捕蛇人，每当放下疲倦休憩时便反复思考着这些问题。他在等待中入睡，期盼着梦的忠告。他专注地倾听幻象，它们说：米西瑟后悔了，原谅了他。他将再次被接纳，再次成为若昂，拥有名字和面孔，再次被人喜爱。

6. 最后一夜

米西瑟又一次将那份热烈的骚动投入他的心房。她站在光的雨帘下，星辰熄灭了，只有她在闪耀，穿着长裙和白色罩衫，松散的头发落在肩上。帕塔诺卡体内涌出喜悦：看来梦里的话是真的！为了庆祝他的归来，米西瑟特意打扮了一番。

“若昂，今晚我们玩得开心点儿。”

他没有回答，生怕发出低号，玷污了她嘴里呼唤的那个若昂。米西瑟扬了扬下巴，指着厨房外的走廊：

“进来，若昂，我们喝一杯。”

他沿着石阶走上去，在门口抖了抖脚上的灰尘，走过几块地毯，在每一个转角处征求她的同意。客厅的一个柜子上摆着一张大照片，展示着他们的幸福：他和她，还有孩子们，一起纪念生活。

他客气了一番才坐下。米西瑟端上酒杯，里面不是啤酒，而是那种还没喝就让人头晕的葡萄酒。回忆的绳结解开了，往事像甜蜜的玻璃珠子一般在杯盏之间滚动。他逐渐失态，酒水粗野地顺着下巴流淌。

“我不喝了，米西瑟。世界正在高速旋转。”

她露出一种奇怪的微笑，平静得有些反常。

“不，若昂，敞开喝。我希望你喝。之后，我有个请求。”

她仿佛是空杯的敌人，说着又添满一杯。若昂好奇那个请求是什么，为她预告的“之后”而感到焦虑。希望和恐慌在他心中交织，他说出的话不是想说的，想说的话却总是未能说出口。

“米西瑟，不是我弄错解药，是我把自己弄混了。现在，我到底是若昂，还是帕塔诺卡？”

女人抓住他的双手，合在一起，说道：

“若昂，求你，听我说：去你家，把你知道的那种解药拿来。今晚我想吃。”

所以这就是她的请求？或者可能是个陷阱，是希望在聚众行骗？

“我不能，女人。我喝高了，我的腿找不到回家的路。”

“去吧，若昂。你闭着眼睛也能认得路。”

他看了看四周：亚麻桌布，照片，那些逃走的时光所留下的东西，都在那里，无声地见证他们分岔的人生。米西瑟坚持要他走。她站起来，火热的身体贴着帕塔诺卡，手放在他汗淋淋的背上。他躲闪着，不知道该如何回应。

帕塔诺卡突然起身，拔腿冲向走廊。要保持直行非常困难。到了走廊尽头，他几乎带着一丝悔意，转身说道：

“可是你真的明白吗？到底什么才是解药，米西瑟？蛇毒疫苗吗？”

她没有回答，背对着他收拾盘子和杯子。

“米西瑟，你知道唯一的解药是什么吗？”

他一边笑一边打着喷嚏。米西瑟望着他，感到悲哀，看见他露出并不属于自己的笑容，这太令人难过了。

“唉，米西瑟，我要告诉你：刚才我们喝完的葡萄酒才是真正的解药。”

“很晚了，若昂，快去快回吧。”

他努力走下台阶，一步步隐匿在夜色之中。女人似乎还说了些别的，但他没有听懂。他困惑地摇了摇头。不会听错了吧？回中国，她是这么说的吗？“我迫切渴望回到那片土地重生”？这个中国女人疯了，他低声得出结论。

若昂·帕塔诺卡了然地笑了。这老女人一定是喝醉了，可怜见的，不过也该大醉一场。他这样想着，跌跌撞撞地走在路上。他为她感到遗憾。说白了，她是一个活人的遗孀，而这个活人就是他自己。她已经很多年没有从柜子里拿出花边罩衫，很多年没有为客人铺上洁白的桌布了。

每个人都是一个种族

当被问及种族，他回答：

“我的种族就是我自己，卖鸟人若昂。”

人们请他解释一下，他又说：

“我就是自己的种族。一个人自身就是独一无二的全人类。

每个人都是一个种族，长官。”

——《卖鸟人宣言》

甜脸玫瑰，罗莎·卡拉梅拉

> 我们在心脏的导火索上点燃激情，永远爱慕雨水，在云的飞翔和水塘的囚禁之间。我们终究是用短矛刺伤自己的猎人，而精准的投掷总会带着一丝投掷者的痕迹。

关于她，人们知之甚少。从她还是个小女孩儿起，大家就知道她驼背得厉害。我们管她叫“罗莎·卡拉梅拉”。她是那种被赋予另一个名字的人，本名不适合她。重新命名后，她似乎更适应这个世界了。我们也不想接受其他类似的名字。她就叫“罗莎”（玫瑰），副标题：卡拉梅拉（甜脸）。然后我们会心一笑。

这个驼背女混合了所有种族，身体横跨许多个大洲。她的家人刚把她托付给生命便溜之大吉。从那时起，她就躲在一个鲜有人见的角落里。那是一间用乱石堆砌起来的小破屋，没有经过任何测量和修补。屋子里的木头还没来得及升级成木板，都是树干，纯天然材料。没有床，没有桌子，她也无法照顾自己。吃饭怎么解决？没人见过她有什么吃的。就连她的眼神也很空洞，依稀透出一丝枯瘦的渴望（但愿有朝一日，她也能被人注视）和一种因做梦而膨胀的疲惫。

尽管如此，她的脸还是漂亮的，抛开身材不谈，甚至还能激起欲望。可是一旦后退几步，瞥一眼全身，美丽便荡然无存。我们经常看到她在人行道上游荡，踩着小碎步，就差并腿跳了。她在公园里找到了可供消遣的事儿：跟不同的雕像说话。这是她所有疾病中最糟糕的一种。她做其他事都是悄然无声的，别人看不见也听不着。但是跟雕像说话，这可不行，没人接受得了。因为她在对话中投入的精气神儿还挺吓人的。她是想治愈石头的创伤吗？她会像母亲一样靠过去，安慰每一座雕像：

“来，我给你弄干净，把它们留下的污垢擦掉。”

她用一块奇脏无比的抹布擦遍石像僵硬的躯体。然后继续走上人行道，身影在每一根路灯柱子的光圈下闪现。

白天，我们会忘记她的存在。但到了晚上，月光会向我们反复确认她弯曲的轮廓。月亮仿佛粘在了驼背女身上，就像硬币紧紧贴在吝啬鬼的口袋里一样。而罗莎，面对那些变成雕像的人，会用非人类的嘶哑声音歌唱，恳求他们从石头中走出来。她就这样一直做着梦，叫人不安。

到了星期天，她会躲起来不见踪影。老妇人仿佛消失了，于暗中对那些挤满公园、玷污她清净领地的人心怀忌恨。

没有人试图解释罗莎·卡拉梅拉的行为。人们只听说过一个理由：有一天，她手里捧着花，被晾在教堂门口。她那未婚夫迟迟不来，甚至再也没出现过。早先那男人提议：我不想办婚礼，就咱俩去吧。证婚人？有上帝就够了呀，假如他老人家有空的话。罗莎恳求说：

“那我的梦想呢？”

她一辈子都梦想着办一场婚礼，一切都闪闪发光，有迎亲队伍，宾客盈门。那是独属于她一人的时刻，她就是女王，华美无双，令人艳羡。她要穿一袭长长的白色礼裙，头纱会将她的背修得笔直。外面，有无数汽车鸣笛。可是现在，未婚夫否决了她的幻想。罗莎拂去眼泪——手背不就是用来干这个的吗？她答应了。就随他去吧。

吉时已到，吉时已过。男人没有出发，更没有赶到。看热闹的人都离开了，带走了窃笑和嘲讽。她等啊，等啊。从未有人等待过如此漫长的时间。只有她，甜脸玫瑰。她坐在那里，台阶安慰着她，石头承受着她对整个世界的失望。

这就是人们讲述的故事，但里头包含多少真相的汁液呢？很有可能并不存在什么未婚夫。她从幻觉中提取一切，给自己编造着未婚妻的身份，罗莎谈恋爱了，罗莎要结婚了。虽然什么都没有发生，但结局还是让她痛苦不堪。她的脑子残疾了。为了使她的思维痊愈，人们把她送去住院，从此不闻不问。罗莎没有访客，也从未得到过别人的陪伴和慰藉，只能自生自灭。她的世界荒无人烟。她跟石头成了姐妹，无数次倚靠着它们。墙，地板，天花板——只有石头才能让她感知到存在的尺寸。她带着恋爱的轻盈，栖息在冰冷的地砖上。石头就是她的孪生姐妹。

出院后，驼背女开始寻找她的矿石灵魂伴侣。正是在那段时间，她爱上了孤独而坚定的雕像。她用温柔和敬意装扮它们，给它们送饮料，在雨天或寒冷的日子为它们驱寒挡雨。她最喜欢的雕像就在我们家门前的小花园里。那是某个殖民者的纪念碑，上面的名字已无法辨认。罗莎经常好几个小时望着那尊半身像出神。这是一场单相思：雕像始终与她保持距离，从不屈尊理会她。

从我家门廊可以看到罗莎。我们，坐在木屋的锌皮屋顶下。尤其我父亲，总是一言不发地观察她。莫非驼背女的疯狂也让我们的脑子飞走了？为了让我们回神，叔叔会开玩笑说：

“她就像一只背着毒液的蝎子。”

所有人都笑了，只有我父亲无动于衷，神情严肃。

“你们不知道她有多累，总是背着沉重的背。”

我父亲经常为别人的疲惫而伤感，但他可不会为自己操这份心。他会坐下来，享受生活的诸多宁静。我叔叔很能干，主意又多，老提醒我父亲：

“如卡老哥，你得自谋生计啊。”

父亲懒得搭理他，甚至更加理直气壮地闲坐着，非要当那把旧椅子的同谋不可。叔叔是对的：父亲缺一份有固定薪水的工作。他唯一的生计就是出租鞋子。星期天，那些跟他支持同一个足球俱乐部的朋友会在看球的路上经过我家。

“如卡，我们来租鞋啦。”

父亲慢悠悠地点点头：

“老规矩：把鞋穿走，回来后告诉我比赛踢得怎么样。”

他弯下腰，从椅子下面拿出鞋。这动作太费劲儿了，好像要把地板捡起来一样。他举起一双鞋子，看着它们，假装道别：

“真舍不得啊。”

他待在家里完全是因为医生的要求：禁止心脏过于激动，禁止血液流动过快。

“这该死的心脏。”

他猛捶胸口，惩罚那颗器官。然后又对鞋子说：

“听好了，小鞋子：记得按时回家。”

接着，他收下预付金，正襟危坐地数起钞票来，仿佛在读一本厚书，只不过这种书更喜欢手指而不是眼睛。

至于我母亲：是她把双脚踏进了生活，每天一大早就出门营生。天还没亮，她就赶到集市。世界在第一缕阳光中隐现。母亲会赶在其他女摊贩前面摆好摊位。卷心菜码得整整齐齐，缝隙间露出她的脸，胖胖的，满面愁容。她坐在那里，意识和身体都静止了。为生活搏斗的时候，妈妈逃离了我们。她在黑暗中回家，又在黑暗中离去。晚上，我们听见她骂父亲懒惰：

“如卡，你还想不想过日子了？”

“想啊，想得可多了。”

“坐着想吗？”

父亲躲闪着不回答。只听母亲一个人哀叹：

“我真是没个依靠啊，里里外外都只有我忙活。”

渐渐地，他们的声音在走廊消失。母亲还在叹气，她的希望已经昏厥。但我们不会怪罪父亲。他是个好人，太好了，所以吵架从不占理。

就这样，生活在我们的小街区波澜不兴地继续着。直到有一天，我们得知一个消息：罗莎·卡拉梅拉被逮捕了。她唯一的过错是：崇拜一个殖民主义者。民兵长官判她犯了“追怀旧社会”罪。他说，驼背女的疯狂背后隐藏着其他原因，即政治动机。若非如此，她还有什么理由不惜用身体暴力反对拆除雕像呢？没错，那座雕像是旧时代的臭脚，新时代的绊脚石。为了表达对国家的敬意，给它安排一场割礼是当务之急。

于是他们带走了老罗莎，以治疗所谓的精神疾病。只有她不在的时候，我们才意识到她对日常风景来说是多么不可或缺。

很长一段时间，我们都没再听到她的消息。直到一天下午，叔叔打破了众人的沉默。他刚参加完男护士雅瓦内的葬礼，从墓地回来。他走上门廊的小台阶，打断了我父亲休息。父亲挠了挠腿，眯着眼睛打量光线：

“我的鞋带来了吗？”

叔叔没有立即回答。他正忙着找一个阴凉地儿擦汗解暑。只见他吹了吹嘴唇，很累的样子。从他脸上，我看到一个人参加葬礼回来后的那种如释重负。

“鞋在这儿呢，跟新的一样。哎呀，如卡，这双黑皮鞋太适合我啦！”

他掏了掏口袋，但是钱这东西，总是进得快，出得慢。我父亲摁住他：

“我可没把鞋租给你。自家人，有鞋同穿。”

叔叔坐下来，取出一瓶啤酒，倒了满满一大杯。然后，他又拿出一把木勺，娴熟地把泡沫盛到另一只杯子里。父亲便就着那只杯子喝起泡沫来。既然医生不许他喝酒，老头子只好投身于气泡了。

“泡沫这么轻，心脏根本不会注意到它经过的。”

他自我安慰道，眼睛直视前方，仿佛在延长思绪。可是自我陶醉不过是一种伪装罢了。

“葬礼上人多吗？”

叔叔一边解开鞋带，一边描述当时的场景：人潮涌动，花坛都要被踩烂了，所有人都在向护士道别，可怜的小伙子，他也是自杀的。

“真的是自杀？”

“是啊，上吊死的。人们发现他的时候，尸体都僵了，挂在绳子上，像一根豆芽。”

“可他为什么要自杀？”

“我哪儿知道。说是因为女人。”

两人吮着杯子，陷入沉默。最让他们难过的不是雅瓦内之死，而是他自杀的原因。

“就这么死了？还不如老死呢。”

父亲接过鞋子，一脸狐疑地检查着：

“土是从那边带来的？”

“‘那边’是哪边？”

“我问是不是从墓地带来的。”

“也许吧。”

“那就去旁边擦干净。我可不想家里有死人的灰尘。”

叔叔走下台阶，坐到最后一级上，开始刷皮鞋，同时继续讲述：葬礼正在进行，神父还在诵读祷告词，抚慰灵魂。突然，你猜怎么着？罗莎·卡拉梅拉出现了，一身丧服。

“罗莎出狱了？”父亲大吃一惊。

是啊，出来了。有一次他们视察监狱，赦免了她。毕竟她是个疯子，没有比这更严重的罪过了。父亲继续吃惊地追问道：

“可是她怎么会在墓地？”

叔叔继续说：那罗莎从背部往下，全身都是黑的。乌鸦都没她黑啊，如卡。她像掘墓人一样走进来，审视着每一座坟墓，好像要给她自己选一个墓穴。你知道的，那种地方，谁会赖着不走参观坟墓啊。我们都是来去匆匆，只有那个驼背老姑娘……

“快往下讲。”我父亲打断道。

故事继续：只见罗莎站在众人中间，开始唱歌。在场的人极力维持教养，震惊地注视着她。神父还在祷告，但已经没人听了。就在这时，驼背女突然开始脱衣服。

“骗人呢，老弟。”

我对基督发誓，如卡，如果撒谎，就让两千把刀掉下来捅死我。真的脱了。她一层一层脱掉布料，比今天的烈日还要悠闲从容。没有人笑，没有人咳嗽，没有人做任何事。等到全部脱光，她走到雅瓦内墓前，举起双臂，把衣服抛向坟头。人们见状吓得倒退了好几步。这时，罗莎开始祈祷：

“雅瓦内，把这些衣服带走吧，你会需要它们的。因为你会像其他人一样，变成石头。”

她看着在场的人，拔高嗓门，仿佛比正常人还要高大：

“现在，我可以喜欢他吗？”

人群倒退，只听见尘土发出的声音。

“怎么了？我当然可以喜欢这个死人！他已经不属于时间了。还是说，连喜欢他你们都要禁止？”

父亲一下从椅子上起来，似乎受到了冒犯。

“罗莎真的这么说？”

“千真万确。”

叔叔这时候已经入戏，模仿着驼背女弯曲的身体：这个呢？我能爱他吗？父亲躲闪着不听：

“闭嘴，我不想再听了。”

突然，他把杯子朝空中猛地一挥，本想把泡沫倒出去，一个不小心，整只杯子脱手扔了出去。玻璃碎片后背着地，散落在院子里，叔叔走过去一片一片捡起来，好像在道歉。

那天晚上，我无法入睡，便走出家门，任失踪的睡意安坐于门前的花园。我看着那尊雕像，它已脱离基座。殖民者的胡子贴在地上，仿佛是他自己不堪疲倦爬下来的。人们把这座纪念碑连根拔起，却忘记把它运走，拆除工作还有待收尾。我几乎要为大胡子感到难过，鸽子拉屎，搞得他脏兮兮的，浑身泥泞。我突然一个激灵，恢复理智：我是不是像罗莎一样，把感情寄托在大石头上了？就在那时，仿佛受到我咒语的召唤，罗莎·卡拉梅拉本人出现了。

我惊愕地瘫坐着，一动不动。想逃跑，可是左右腿意见不合。我颤抖起来：难道我正在化为石像，变成驼背女的激情对象？太可怕了，我的嘴恨不得要永远逃离，免得一语中的。但是没有，罗莎并没有在花园里停留。她穿过马路，走到我家的小台阶前，弯下腰，擦去上面的月光。一声叹息，她把自己的东西放下，然后像乌龟一样蜷缩起来，也许是准备睡觉吧。又或者，她只是想舔舐悲伤。因为我能听见她哭泣，伴着幽暗水流的潺潺低语声。驼背女由内而外地流淌，好像这一次轮到她变成石像了。我在这样的幻觉中遐想。

然后，事情发生了。在纯粹的寂静中，父亲打开廊下的门，慢慢走到罗莎跟前。有那么几秒，他朝驼背女俯身。接着，他摸了摸她的头发，手移动着，仿佛那是一个梦中才会出现的动作。起初，罗莎没有反应。但随后，她从封闭的意识中走出来，面庞半光半影。他们彼此注视着，变得更加美丽。这时，他轻声说道：

"别哭，罗莎。"

我几乎听不见他的声音，心脏怦怦直跳，响彻耳畔。我走近了些，但始终隐藏在黑暗后方。父亲还在对她说话，那样的声音我从未听过。

"是我，罗莎。你不记得了吗？"

我站在九重葛丛中间，植物的刺撕扯着我。但我毫无感觉。惊恐比枝杈更加刺痛我。父亲的手没入驼背女的头发，就像人——那双手，像逐渐溺水死去的人。

"是我——如卡。你的未婚夫，不记得了吗？"

渐渐地，罗莎·卡拉梅拉不再游离。她从未像此刻这样鲜活存在，没有任何雕像值得她如此专注地凝视。父亲的声音变得更加柔和，他呼唤她：

“走吧，罗莎。”

我不由自主地走出九重葛丛。他们能看见我，我们之间没有任何障碍物。驼背女站起身，此时，月亮迸发出更加明亮的光芒。

“走吧，罗莎。拿好你的东西，我们走吧。”

然后他们离开，走进夜的深处。

热格叔叔的私人启示录

“父亲，教我如何存在吧。”

“我不能。我只知道一条忠告。”

“是什么？”

“保持恐惧，我的孩子。”

我们总是讲不好某个人的故事。因为人每时每刻都如同新生。没有人的一生是单一的，每个人都会分化成各不相同、不断变化的人。

现在，当我解开回忆，我也在学习多种属于自己的语言。尽管如此，我仍然无法理解自己。因为我在发现自己的同时，也被夜幕笼罩，仿佛有些事情只有彻底失明才能看见。

我诞生于无人，是我自己孕育了自己。我的父母拒绝接受他们生命的遗产。我身上还沾着血，就被他们丢弃在这个世界。他们不愿意看着我从畜生变成男孩儿，口水抹得满手都是，瘦得咳嗽一声都会散架。

我唯一的亲人是热格叔叔。是他看着我长大。我只亏欠于他。

没有人能说得出我过去如何。热格是无穷宝箱的孤独守护者，而我会去箱子里寻宝——我的童年碎片。

不过，他给我的东西很少：一片面包皮，一块稍微干净点儿的垃圾——他从不说从哪儿弄来的。他总是寡言少语，就像打不湿地面的雨，后悔落下的水。他靠梦境汲取一点儿盼头：

“明天，明天。”

这就是他教导我的：保有希望，哪怕未来已经力竭瘫软。因为我生于一个连道路都会疲惫的时代。叔叔为我守护着那些希望，暗示远方还有其他色彩在闪烁。

“明天，我们起个大早，就出发去那里。”

“大早”和“那里”并不存在。明天仍然是同样的一天。叔叔经常发明任务。穷苦之人根本无法收买命运。于是他用门闩锁住期盼，锁住那些不可能的地方和时光。

有一天，热格叔叔给我带来一只军靴。尺寸实在太大了。我看着那只孤零零的靴子，迟迟伸不出脚。伸左脚还是右脚，我犹豫不决。一只单鞋能有合适的脚吗？

“你不喜欢？”

“喜欢，我喜欢的。”

“那你怎么了？”

“就是缺了根鞋带。”我撒谎道。

热格生气了。他的耐心特别脆弱易折。

“你知道这是从哪儿来的吗？”

大靴子可是有历史加持的：它经历过独立战争的光辉岁月。

“是只久经沙场的老靴子。”

接着，他责骂我是个没有敬畏心，对祖国没有归属感的家伙；我会因此而哭泣，被绊倒，被践踏；还是说，我在等待道路变软，好愉快地四处溜达？

“你就是不想穿，对吧？”

他抓起靴子，扔得远远的。这时，怪事发生了：靴子被抛到空中，竟获得鸟儿的能力，灵活地打着旋儿飞起来。莫非热格叔叔激怒了战争的亡灵？

那天晚上，也许是生气的缘故，我在黑暗中一边颤抖一边摸索。高热使我的身体感到窒息，燃烧着我的胸膛。我睁着眼睛做梦——不仅仅睁着，是烧着火。我梦见了母亲，是她，我知道，尽管我从未见过。但那就是她，别人不会像她这么温柔。她握住我的胳膊，呼唤着：孩子啊，我的孩子。我浑身战栗，那几个词从不曾驻足我的灵魂。她想要什么？没有别的，只求我行好事，不要背弃良心。我的善行是对她最好的回报。阿妈，我喊道，阿妈，带我离开这儿吧。但是她听不见，好像我的话还未触及她就塌陷了。她继续嘱咐我，坚持良善的价值。阿妈，我好冷，带我走吧。于是她伸出手，像贝壳一样把我抱在怀里安抚。那一刻，我借助梦的力量，褪去孤儿的身份。

突然，一阵嘈杂声把我的意识带回身体。是热格叔叔。他把手放在我的两手之间，手背贴着我的手心——他在给我治疗，这是他所知道的最有效的办法：召唤最古老的记忆，比我的出生还要久远。

“叔叔，我阿妈，她不在这儿吗？”

“别说话，喝点儿水吧。”

幻觉又给我带来一场高热：我渴望母亲在场，为她迟迟没有重新出现而痛苦。喝水的时候，我感到汗在体内流淌，血液溶解成水。我沉浸于这条内在的河流，失去感知。最终，在光明的边缘，有一个“但是”，一个无尽的“虚无”：我的母亲。她为何要在第一场高热中现身？那个拒绝恶念的警告究竟意味着什么？

第二天我醒来时，已和前一夜大相径庭。我环顾四周，一片蔚蓝。热格叔叔是对的：明天确实存在。它就在那里，初生的阳光照在缤纷的色彩和美丽的事物之上。我想分享这种感觉，但热格叔叔已经走了。我只好自己庆祝。我已战胜病魔，从地狱之旅归来。我凝视天空，寻找上帝。但我的视线到不了那么远。母亲的话在我脑海中回响，也许她是众神的某个化身，否则怎么可能发出那样的声音？她原本什么都不是，只能用沉默说话。

我决定放弃思考这件事。不管谁挑起这个话题，都会给我一个答案的。我踉踉跄跄，沿着小路前行。我的脚步如此虚弱，是要去哪儿呢？或许留下来恢复体力会更好。然而，一种隐秘的动机推着我赶路。在无人指引的情况下，我走到一棵桃花心木跟前，这是大军靴落脚的地方。但它已经不在这里沉睡了。一个路人告诉我：叔叔曾经路过这儿，和一位书记同志一起。两人开了个小会，讨论靴子的去留。书记表示：这只军靴太有历史意义了，可不能让它沦为垃圾。热格深有同感，说绝不能把这么重要的遗产给扔了。谁知书记同志纠正道：

“你错了，热格：就是要把这玩意儿扔掉。”

“啊？不是说这只靴子很有历史意义吗？”

正是如此，书记回答。但我们不能当着公众的面扔掉它。热格越是听得稀里糊涂，越是赞同：

“没错，没错。”

“知道我们要做什么吗，热格？”

“什么？长官同志？”

“我们要把这只靴子淹死在沼泽地里。”

于是他们走了。路人只知道这么多。我回到家，等着热格。入夜了，他还没回来。我很担心：是不是出了什么状况？那个为我的生活投下一片树荫的叔叔，不会被人带走了吧？他一直找不到工作，会不会在打击无业游民的运动中被送去了尼亚萨？①

在焦灼的等待中，我审视自己：毕竟，那个男人是跟我关系很近的父系亲属。而我几乎算他的养子，好像真是他亲生的一样。我正想着，突然看到他回来了。像往常一样，他绕着房子转了一圈。对此，他总评论说：金龟子进洞前还会转两圈呢。等他走到灯下，我吃了一惊——他的手臂上戴着一枚红色袖章，上面用黑色字母写

① 1975年莫桑比克独立后，大量人口从农村涌入城市，导致失业率急剧上升，城市脆弱的教育和医疗服务系统崩溃，农村地区粮食产能下降。当时的执政党“莫解阵”担心失业者最终会转向犯罪和卖淫，从而加剧社会不稳定。因此，1983年，政府在内战期间发起“生产大作战”（Operação de Produção）运动，将无业游民、边缘群体和妓女从大城市遣送到人口密度低的农村地区，特别是北部省份尼亚萨（Niassa），试图让这些人投身于农村生产，成为对社会有用的公民。

着：G. V.[1]。

“监察队，没错，现在我也是监察队的一员啦。”

我叔叔，监察员？这怎么可能！他当个被监察的还差不多。因为平心而论，他确实只配被怀疑。他靠什么谋生就很值得深思。我之所以什么都不问，是为了不玷污为人子的情分。我宁愿一无所知。可现在他居然要做监察民众的工作？毫无疑问，只是试用吧。然而，他肯定地说：是正式的。只见他破衬衫袖子上戴着一块红布，开始发号施令：

“向左——转！向右——转！”

他瘦削的身体充斥着浮夸的气势，还迈着高贵又错乱的步伐，我笑得前仰后合。他严肃地回应道：

“他们要训练我，你不知道吗？”

话虽如此，我还是满腹疑团。这可能吗？把房门钥匙交给小偷本人？他怎么能当一个革命卫士呢？

“现在，”我问，“我可以叫您同志叔叔吗？”

你要明白，叔叔说，人不能一辈子当无名小卒。知道是谁选中了我吗？是书记，他亲自选的。他认识我很久了，我们是表兄弟，几乎是一家人。最后，叔叔威胁道：现在那帮家伙该知道我是谁了，我是法比昂·热格。

第二天下午，热格叔叔离家去民兵营受训。他在那儿待了几个星期，回来后也没见长什么本事，甚至连开枪都不会，只知道站军

① Grupo de Vigilância 的缩写，即监察队。

姿：向左——转，向右——转。

军训把他的身子给累惨了。他看着我，深深叹了口气，然后躺下，闭上眼睛。

“叔叔，您非得穿得这么严实吗？好歹把军装脱了再睡吧。”

“闭嘴。如果从前我穿着它觉得累，那现在就该穿着它休息。”

他让我把茶热一下。他不想饿着肚子睡觉。“我现在饿得连肚子和背都分不清了。”他抱怨道。

“我泡不了茶，叔叔。没有茶叶了。”

“没关系，我们就喝水：水茶。”

但是等水烧开，他已经睡着了。我也快要睡着，却突然听见几道阴影发出动静。剪影中走出一个女人，背上披着卡普拉纳。她用胳膊挡住脸，被篝火中升起的烟呛得咳嗽了几声。她注意到我，然后指着地上问：

“那是热格吗？”

我确认。她准备摇醒正在打盹儿的叔叔，可我预感会有一场争吵，赶忙上前制止：

“别叫醒他，阿妈。他有点儿不舒服。”

她转过脸。面庞在火光下照得透亮。这时我才发现她不是母亲。顶多就是一个跟我同龄的女孩儿。她很美，眼睛能勾魂，身体散发着甜美的气息。

“我叫扎贝拉妮。”

人如其名。她低语着，仿佛声音是从翅膀中诞生，而不是从喉咙里发出。我叔叔应该醒了，但他一动不动，安静得像个死人。女孩儿决定坐下。我无法想象这样圆润的身体如何能坐在一只极小的木箱子上。木箱摇摇晃晃，她却毫无怨言。

“你是谁？”

“我是热格的侄子。”

她停顿了一会儿，仿佛离开了。然后揉搓着胳膊，让我把篝火点旺一些。火很冷，她说。

“你会留下来和我们一起吗？”我问。

是的，这正是她的目的。她讲述自己的故事：来这儿之前，她刚逃离恐怖的乡下。那里的世界正在终结，是赤裸裸的自杀。她的父母被强盗掳走，不知去向。她说这一切的时候一滴眼泪都没流。

“现在我要留在这儿。热格也是我的叔叔。”

我给她准备了一张草席和一条毯子。她很快就睡着了。到了早上，日头高照，她还没醒。热格叔叔望着那缩成一团的小身板儿，摇摇头说：

“这姑娘会让你的理智跑调，小子。”

有句谚语说得好：两树夹道，迷而不返。你俩在一块儿，会给我惹大麻烦的。热格一边跟我一起除虫子，一边含混不清地劝告我。岛屿浑圆，那是大海造就的，他说。这姑娘的美丽，我的小侄子，也是你投射的。女人是辽阔的天地，在她们身上旅行，我们总会迷路。

“可是，叔叔，我甚至还没好好看过她呢。”

热格继续叮嘱我，可以有很多女人，可以跟不同的女人在一起，但是永远，永远不要为任何女人花钱。不管是依照旧彩礼传统，还是现代制度，我都应当避免戴上戒指。最好的家人是谁？就是那些陌生人的陌生亲戚。只有这样的人才值得交往。至于其他人，家族内部成员，我们生来就欠他们债。热格否定家庭纽带和传统的价值，却愿意和它们比邻而居。

日子一天天过去。我几乎见不到叔叔。他经常一大早就出门忙他的机密。肯定不是什么有用的事儿。每当这时，我就会和扎贝拉妮一起散步。随着时间推移，我逐渐意识到热格的警告没有错。那个女孩儿总是迫使我紧急推迟计划。从她身上我学会一种晕眩：想要的很多，知道的却很少。我会全身心梦想着事物，却害怕面对机会。莫非爱是一种无限遥远的到来？又或者，法比昂·热格再一次证明自己是对的：我们生命中的女人永远在未来？

一个星期六的下午，我带扎贝拉妮去一个只属于我的地方。我们走在椰子树下，在摇曳的树颈间徘徊。清风鼓舞着树冠：忽来，倏往。草原上，牛群漫步，白鹭的身影蓦然跃入风景。扎贝拉妮放慢脚步，内心变得柔软。我们的手不经意地碰了一下，只是轻轻拂过。她停下来，请求道：告诉我河水要流向哪里。我指向风景尽头。她背朝我，逐渐靠近，依偎，直到她的全部曲线与我的身体完美贴合。我感到皮肤在触动神经。然后，她让裙子滑落，月色流转中，她转身面对着我。那一刻如此深沉，近乎永恒。天地间除了流水潺潺，只听见我们的呼吸。

我们回去之后，热格叔叔把我叫到角落。我以为他要责备我，没想到他迟疑了，嘴里反复嚼着一根细草。

“你把她睡了？”

“叔叔，别这么说……”

“我就要这么说！”他吐了一口唾沫，“婊子！”

他随即命令扎贝拉妮收拾东西。她会被带走，和我分开，去一个只有他知道的地方。我暴跳如雷，大吼起来。叔叔仿佛不认识我了。我咒骂他是个无赖，骂他习惯性地逃避工作。我甚至想揍他一顿，但他抓住了我的胳膊。老实说，我流的泪比骂的话还多。热格压下我的手，将我紧紧扣住。后来我哭累了，安静下来。我们都坐着，他脸上浮现出一丝悲伤的笑容。愤怒收敛其酸楚，空气变得柔和。

“孩子，知道吗，我要告诉你：工作是看不到头的。”

他试图让自己的解释亲和易懂——其实，他不懒惰，只是从世界的清闲中获益罢了，并没有荒废自己。是我错怪了他的精打细算：人生在世，只有亲历者才会受苦；缺席者的优势在于，他永远不会感到烦闷。

“侄子，你看：一头公牛在水里会游泳吗？不，它只会懒洋洋地随波逐流。它很聪明，知道在旅途中让水流为它工作。”

我笑了，睡意昏沉。这就是对泪水的承诺：给予彻底的困倦。然后我们就什么都不在乎了。热格会带走我爱的女孩儿。我甚至不再反对。我被沉重的眼皮降服，只剩一缕微弱的灵魂。

“很好，侄子，睡吧。明天一大早，我教你如何放开手脚过日子。”

第二天，热格早早把我叫醒，吩咐我洗漱收拾自己。我环顾四周，扎贝拉妮已经被带走。我愣在那里，不敢问出口。热格那张臭脸也实在叫我气馁。我坐下来听他讲。他的计划很简单：去卡洛琳娜姑妈家，突袭她的鸡舍，抢几只母鸡，再到屋后头放把火。

“可是，叔叔……”

“去吧，赶紧的。”

他还说：这只是开始。之后还有别家。我必须制造混乱，散布恐慌。热格穿上制服，进入角色，权力让他气势大增。

“可是，叔叔，你是民兵，怎么能……”

“你以为？太平日子还用得着民兵吗？”

我否决了自己。起初，我饱受威胁：若拒绝执行计划，热格就要给我苦果子吃。别忘了他还掌握着扎贝拉妮的命运呢。后来，我听信他的承诺：只要接受安排，就绝不会后悔。

于是我抛弃自我，出发了。我做了太多坏事，甚至想不起最初那几桩。在犯下如此大规模的暴行之后，我开始害怕自己。因为我几乎爱上干这个了，作恶让我感到骄傲。

这其中有一件事让我十分惊讶：我从不悔恨，躺下就能睡着。我的良心到底在哪儿？叔叔回答说：

“世上没有好人，只有懒惰的恶棍。”

热格的话站得住脚。为什么？说到底，在一个不期待任何好事的世界里，怎么可能还有良善？过去我总说——人有所想，人有所盼。现在，我们生活的地方早已没有什么可想可盼的了。

最终，关于我母亲的梦境有了解释。那根本不是梦，只是梦的幻影。毕竟我这条命是无中生有、无人疼爱的，母亲又怎会试图教导我这颗晚熟的心呢？或许只有扎贝拉妮能柔软我的心。可是叔叔禁止我想她。爱会削弱男人的意志，你将被赋予其他任务和更勇猛的使命。一段时间后，叔叔给了我一把步枪。我看着武器，闻了闻枪杆，那是死亡的幽香。

“找块布，蒙住脸。别让人知道你是谁。”

热格并没有受到良知的惩罚。一切都像他的笑容那样轻松：

“那帮傻子会吓死的。”

有了武器，邪恶开始突飞猛进。我强闯畜栏，扫荡小商铺。不抢劫的时候，我就当民兵团的蒙面跟班儿。我轮流叠加警察和强盗的身份。为了看起来更像那么回事儿，叔叔甚至给我戴上了红袖章。有了它，我就可以对别人施加惩罚。我最喜欢管辖公路，那可太有意思了。把母鸡从篮子里揪出来，查旅行许可证，放跑小羊羔，给别人的身份证找茬儿：

“这照片是你的吗？”

“是的，您请看。”

“肤色很浅啊。”

“不是我的问题……照相的拍下来就这样……”

我很享受他的结巴，继续刁难：

“还是说，你对自己的种族感到羞耻？”

最后，我会宣判制裁：搬运石头，挖坑，下地除草。慢慢地，在我和热格叔叔的努力下，一场战争爆发了。再也没有人能主宰悠久的传统。房屋，车辆，财产：一切都变得脆弱，稍纵即逝。早早拥有，早早燃尽。在年迈的人中间，追怀旧日已呈弥漫之势。

“还不如……”

然后他们感慨：要是有一部法律就好了，不管什么法，只要能保护那些受生存焦虑之苦的人就行。一些人伤心地总结自己的付出：

“难道我们战斗就是为了这个？”

直到一天下午，我收到了警告。那是一个简短的信号，却字字分明。当时我正沿着沼泽地的小路走着。那里有一群人正在捕恩多埃鱼[1]。我很喜欢看他们干这个，这是唯一一种在陆地上而不是在海里进行的捕鱼活动。他们举起长矛，刺向地面，寻找干旱时鱼栖居的洞穴。那画面很美：突然，鱼从黑色的淤泥中一跃而起，闪着银光。这就是恩多埃鱼，一种深谙空气的水生动物，在水里和水外都能呼吸。

然而，就在那一瞬间，我感到胸口发紧。我坐下来。仿佛死亡在我体内用喑哑的嘶嘶声说话。一条鱼被刺中，扭动着身体，在斜行的阳光下发亮。你不能指望恩多埃鱼窒息而死：必须砍下它的头。那些人就是这么做的，把鱼放在一块石头上。突然，一切从我眼前消失了，现实不再容我寄居。当鲜血流进泥土，我收到了信号。那里，浑浊的淤泥中：一只军靴。就是我不肯穿的那只，被叔叔扔进了沼泽。它仿佛超越了尺寸，几乎脱离自身的边界。鲜血泼洒在鞋面上，像一面红旗。

渔夫们注意到靴子，捡起来仔细查看。然后他们看了看我，耸耸肩，把靴子扔了过来。它落在我脚边，沉重而严肃。我拿起它，到一个水坑旁里里外外清洗了一番。我像照顾一个孩子那样对它呵护备至。一个小孤儿，和我一样。接着，我选了一块干净的土地，

① 一种肺鱼，干旱时可以在淤泥里存活。“恩多埃”为本地说法。

体面地将它安葬。在想象的葬礼上，军乐团齐奏，无数面旗帜迎风飘扬。

回家时，天色已晚。我想告诉热格叔叔葬礼的事儿。但始终没有机会。我刚到家，他就焦灼万分地推着我：

“把我那份给我，我的那份儿呢？”

我没听懂。但他在怒火的浆液里沸腾，话都说不清楚了。

他继续要我交出来。搜查我的东西，掏我的口袋，可是什么都没找到。

“叔叔，我发誓，我什么也没干。”

他双手抱头，怀疑自己，怀疑我，嘴里不断地说：一个恶棍不会剪掉另一个恶棍的头发。看他一副被击垮的样子，我想安慰他。我轻抚他的肩膀，心里有些忐忑。热格让步，接受了我的说法。他解释：这一带发生了新的血腥事件。暴乱分子越来越多，都是无人指挥的士兵。他们四处抢劫，坏事做绝，像禽兽一样野蛮。死亡如此频繁，生命反倒成了唯一稀奇的事儿。为了不引人注意，幸存者只能假装成死人。可由于缺少受害者，土匪就从坟墓里掘尸，以便重新砍杀。

“你没跟他们一起吗，侄子？你不会加入那帮土匪了吧？”

我否认。声音却发不出来。喉咙钳住了我，我吞吞吐吐地沉默着。我哪有本事犯下那样的罪行？叔叔不说话，审视着我的反应。他并不相信我。

“好了，告诉我：你今天在沼泽地埋什么？”

“我在埋那只靴子。”

他很惊讶：靴子？不是已经躺在遗忘深处了吗？我从它身上看到了什么？和那破玩意儿说了什么？他的疑问越来越多，一个接一个冒出来。他要我发誓忘记那只垃圾。我答应了。

“叔叔，现在我想知道：扎贝拉妮的家在哪儿？”

他犹豫了，我坚持问。必须接回那个女孩儿，救她脱离土匪之手，十万火急。也许已经晚了，谁知道呢，热格叔叔不确定地说。这事儿的危险程度超过你的承受能力，侄子。

“叔叔，求您了，告诉我吧。”

热格转移话题：现在不是沉迷爱情的时候。我怎么能在一个死亡横行的地方跟扎贝拉妮谈情说爱呢？

“叔叔，我们去救她吧。”

最终，热格被说服了。他埋怨我太执拗——谁能告诫一只小壁虎，说它脚下的石头是烫的呢？你啊，侄子，不值得劝。要是你阿妈看到你这样……

“永远不要提起我阿妈！”

热格惊讶地闭上嘴。我早就痛恨母亲的缺席。她的影子带给我的是难以承受的重量。我们不能苦苦思念一个从未存在过的人。我应该扼杀这份缺失感，做自我之地的原住民，为我的出生负全责。

“那个女孩儿，叔叔，现在她就是我唯一的母亲。”

叔叔站起身，背对着我。他在掩饰眼泪吗？我尊重他的退缩，不去窥探。他进屋拿出一把枪，然后握住我的手，放了几颗子弹。

“这次，你带上它们，都是实弹。”

然后，他给我扎贝拉妮的地址。我们又握了一会儿对方的手。热格叔叔有点奇怪，情绪如此激动，好像在跟我道别。

我奔跑着穿越痛苦的沙地，担心时间早已将我抛在脑后。事实也的确如此。扎贝拉妮的邻居们说：女孩儿昨天夜里被带走了。他们烧毁屋子，抢走所有值钱的东西。土匪会仅仅为了混世度日，就干下那样肮脏的勾当吗？

“朋友们，告诉我：你们怀疑谁？”

有人给土匪带路，在场的人说。毋庸置疑：他们看到那人了。是个民兵。他没有露出口鼻，但应该是女孩儿的朋友或者家人。因为扎贝拉妮看到他，张开双臂自愿走出了屋子。再说，那人竟然知道女孩儿躲在哪儿，不是很奇怪吗？邻居们如此说道。我往家走，灵魂匍匐在地，濒临崩溃。脚步迟缓，仿佛拖延着不愿执行滔天怒火的敕令。我经过沼泽地，那里躺着军靴，在它的地下居所沉睡。我走到后院，黑夜已经降临。屋里亮着一盏油灯，叔叔还没睡。我站在门口喊他的名字。他踩着拖鞋，出现在门边。油灯在他身后，我只看见他的轮廓，其余全是阴影，连面庞都模糊不清。叔叔消失在他自己的剪影中，这一幕让我鼓起勇气。我举起枪，在被泪水扭曲的视野中瞄准他。这时，热格说话了。他的话甚至无需翻译，如浓雾般彻底笼罩我的感官。

“开枪吧，我的孩子。”

我的眼睛在逃离。我的仇恨，相反的，在指引我——此刻，正当其时。短短几秒钟，我回顾自己的一生。是热格陪伴我经历那些时光，他是我极度消沉时唯一让我安睡的靠枕。鸟儿会清除自己的巢穴吗？

可是叔叔的身影逐渐变得高大，充满坚持。他从未如此谦卑地求我：

“开枪吧，侄子。我恳求你。”

枪声震耳欲聋。可我听不见，也看不清。我是否瞄准了，砍断了他的生命之线？直到今天我还在怀疑。因为那一瞬间，我满眼含泪，那是我过往悲伤中所有缺席的泪水。我从那里逃跑，再也没回去。

现在我想：我根本不必知道那颗子弹的命运。因为一切就发生在我体内：我又一次诞生于自身，重新确认了孤儿的身份。最终，我向所有过往时光开火，杀死了我们内心的子宫，旧世界逝去的阴影就在那里重生。

梦见飞鸟的猴面包树

凡在地上不识居所的，即为飞鸟。

这个男人将永远身处阴影：没有任何回忆足以将他从黑暗中解救出来。事实上，他的恒星不是太阳，故乡也不叫生命。或许，正因如此，他才像个异乡人一样，谨小慎微地过日子。卖鸟人甚至没有一个可以庇护他的名字。人们叫他“鸟人”。

每天早晨，他都会背着硕大的鸟笼穿过白人居住的社区。笼子都是他亲手做的，材质轻巧，简直不像牢笼。它们仿佛长了翅膀，会飞上天空。鸟儿在笼中扑闪着奇特的色彩。啼鸣声聚成一团云朵，环绕着卖鸟人，如此清脆响亮，连窗户都随之颤动起来。

“妈妈，快看，是鸟人！”

孩子们涌上街头。欢乐在鸟儿的啾啾声和孩子的叽喳声中流转。男人抽出一支口琴，吹起梦游般的悦耳旋律。整个世界都成了仙境。

窗帘后头，殖民者却在谴责这荒唐的场面。他们教孩子去怀疑——那黑鬼是谁？谁知道他品行如何？谁允许那双赤脚踩脏社区？不，不行，绝对不行！黑人就该滚回他该待的地方。“可是，小鸟多可爱呀！”孩子们坚持道。家长更加恼火了：“这事儿我们说了算。”

可是没几个孩子听从命令。在众多捣蛋鬼中，有一个男孩儿不光不听话，还对神秘的鸟人着了迷。他叫蒂亚戈，是个爱做梦的孩子，除了异想天开，就不会别的什么了。他总是起得很早，把脸贴在窗玻璃上，等待卖鸟人到来。鸟人的身影刚一出现，他就冲下楼，三十级台阶，五个大跳，然后光脚穿过社区，和鸟群的影子一块儿消失了，太阳下山也不见他回来。这时，家里就会有人一脸同情地说：

“赤脚啊，跟那种人一样。”

父亲恨不得严厉惩罚蒂亚戈。只有母亲的温和才能缓解孩子深夜晚归带来的紧张气氛。父亲要求男孩儿解释，哪怕只言片语也行：

“你去他家了？这流浪汉居然还有家？”

卖鸟人的家是一棵猴面包树，他就住在空树洞里。蒂亚戈说，那是一棵非常神圣的树，是上帝倒着种下的。

“瞧瞧那黑鬼，都往孩子脑袋里灌了些什么！”

父亲转向妻子，冲她抱怨。男孩儿继续说，是真的，妈妈。那棵树会变得非常伤心。老人们说，猴面包树绝望的时候会自焚，无需他人点火。不骗你，妈妈。

“胡说什么呀。”母亲轻声责备道。

接着，她把儿子从丈夫身边带走。做父亲的决定出门召集其他殖民者，让怒火烧得更旺。大会上，众人一致同意：必须禁止鸟人来社区。不过，禁止措施不得包括杀人或任何可能冒犯女人与小孩的恶行。总之，要谨慎考虑对策。

第二天，卖鸟人又进行了一次愉快的侵略。到头来，殖民者还是犹豫了：毕竟，黑人带来了前所未见的美丽鸟儿。没有人能抗拒它们的色彩和啼鸣。那景象仿佛根本不属于这个真实的世界。卖鸟人并不张扬，而是谦卑地隐去自身：

“都是上等鸟儿，天外来客才有这样的翅膀。”

葡萄牙人不禁自问：他去哪儿找到这么神奇的生物？倘若他们已经征服最广阔的森林，还会有哪儿呢？

卖鸟人低声自语，以微笑回应。殖民者却开始对自己的猜想感到惴惴不安——难道那黑人有权进入他们无法抵达的世界？不过他们很快就决定抹杀这番成就：那家伙睡在树洞里，当然到处都有鸟儿啦。不就跟野外的畜生一样吗，他们总结道。

不管是因为对强权者的不屑一顾，还是出于小人物的荣耀，慢慢地，鸟人成了水泥社区的焦点。人们喋喋不休地谈论他的存在，而他充实着白人一目了然的空虚。买鸟的人越来越多，房子里也越发环绕着甜美的歌声。可那音乐传到居民耳朵里却十分陌生，仿佛证明他们的社区并不属于这片土地。难道是鸟儿推翻了这些居民的合法性，将他们变成了外来者？或者是黑人的错？那个阴险狡诈的家伙，成天嚣张地出入，从不顾及种族本分。卖鸟人应该知道，这里的街道容不下他赤裸的脚步。白人一想到他如此不驯就心神不宁，抱怨世道变了。他们嫉妒旧时的秩序：那时，仅凭外表就可以处置一个人。就这样，卖鸟人以超然的温和，推动着一个由其他认知组成的世界。至于孩子们，受他蛊惑，都忘了规矩。他们变得更像是街头的孩子，而不是家里的。鸟人甚至入侵他们的幻想：

“就当我是你们的叔叔吧。”

于是孩子们从自己的身份出走，移居到其他幸福的生活里。所有人相亲相爱，仿若至亲。

“叔叔？你见过叫一个黑鬼‘叔叔’的吗？”

父母决心封禁孩子的梦，还有他们幼小而无限的灵魂。命令下达了：禁止上街，你们再也不许出门。窗帘拉上了，房屋垂下了眼睑。

秩序似乎已经统治社区。但就在这时，发生了古怪的事情：门窗自行打开，家具调转了方向，抽屉也被换掉了。

在席尔瓦家：

“谁打开了这个柜子？”

没有人，确实没有。席尔瓦先生大发雷霆：全家人都知道那里放着武器。既然没有暴力打开柜子的痕迹，撬锁者会是谁呢？愤怒的席尔瓦质问道。

在佩肖托家：

“谁在文件抽屉里撒草籽？”

没有，没有人，真的没有。佩肖托大人警告道：你们很清楚我在那里保管什么样的文件。他列举它们的隐秘功能，涉及哪些机密事务。撒鸟食者应当自首。该死的鸟群，他嘟囔着。

在市长府邸：

“谁开门让鸟儿进来的？”

没人开门。执政者管不住自己的怒气：他被壁橱里的一只鸟吓得半死。庄严的市政申请书上全是鸟粪。

“你们看：鸟屎都粘到公章上啦。”

诸如此类的事件发生后，社区里一片哗然。殖民者聚在一起开会，商讨对策。他们在蒂亚戈的父亲家里集合。男孩儿假装上床睡觉，却躲在门外偷听可怕的威胁。没等听到最后的裁决，他就跳起来飞奔进树林，朝猴面包树跑去。老人正平静地坐在温暖的篝火旁。

“他们要来抓你了。”

蒂亚戈上气不接下气。卖鸟人却并不慌乱：他知道，正等着他们呢。男孩儿竭力劝说，对他而言，鸟人比过去任何时候都更加重要。

“快逃吧，还有时间。”

可是卖鸟人在徐缓的睡意中愈发安逸。他沉静地走进树洞待了一会儿。出来时已经打好领带，换上了白人的西装。他重新坐下，清理脚下的沙子。然后起身踱步，好像在阳台上闲逛，目光反复描摹地平线。

“快走吧，孩子。天黑了。”

蒂亚戈执意留下。他暗中观察鸟人，等待他的下一步动作。要是老人也像河水一样就好了：看似静止，实则流动。但他不是这样。卖鸟人只在传说中而不是现实中保护自己。

“你为什么穿西装？”

鸟人解释：他土生土长，是这片土地的后代，应该懂得如何接待访客。他必须表现出敬意，这是东道主的职责。

“现在你走吧，回家去。”

蒂亚戈站起身，迟迟不愿离去。他望着那棵大树，仿佛在请求它的庇护。

“你看见花儿了吗？”老人问道。

他提起一个传说：花朵是神灵的居所。谁若伤害猴面包树，就会遭到迫害，直至生命尽头。

殖民者吵吵嚷嚷地来了。他们包围了那个地方。男孩儿躲到暗处窥探。只见鸟人起身，向来访者致意，后者立即施以一顿拳打脚踢，伤薄骨直往他身上招呼。老人似乎感觉不到痛苦，像一株植物，但鲜血淋漓。殖民者绑住他的手腕，推着他在漆黑的路上走。其余人跟在后头，把男孩儿独自留在黑夜里。蒂亚戈一脚向前，又一脚向后，不知该如何是好。就在这时，猴面包树的花朵纷纷飘落，宛如毡布做成的星星。白色的花瓣落在地上，一片一片，变成了红色。

男孩儿立刻下定决心，钻进丛林，尾随那群殖民者。他循声找去，发现他们要将鸟人抓进地牢。蒂亚戈躲在地牢的墙后面，被阴影笼罩。他感到窒息。倘若周围的世界已经失去美好，祈祷还有用吗？而天空，就像猴面包树一样，再也看不到一颗星星骄傲地闪耀。

鸟人的声音从栏杆那头传来。现在，蒂亚戈可以看清朋友的脸了，血迹斑斑。好好审问这老头儿，严刑拷打他，殖民者们离开前下达命令。看守恭谨地听令。可他根本不知道该从老人口中逼问出什么秘密。长官们为何对这个流浪小贩如此愤怒呢？此刻，囚犯孤身一人，看样子并无可疑之处啊。

“请允许我吹一首曲子。是您老家的音乐，老板。”

鸟人调整口琴，试图吹奏，却又皱着脸退缩了。

“他们把我的嘴揍烂了。真可惜，不然我一定要来一曲。”

这下看守起了疑心。口琴被丢出窗外，落在蒂亚戈藏身的地方。他捡起乐器，收集它的部件。那些碎片如同他的灵魂，缺少一只可以修复他的手。男孩儿蜷缩着，在环卧中获得温暖。他登上睡梦的轻舟，将口琴放在嘴边吹奏，仿佛在哄自己入睡。谁知道呢，或许地牢之中，鸟人也在聆听这一曲慰藉？

蒂亚戈在一片鸟鸣声中醒来。是鸟儿！它们漫天飞翔，覆盖了整个警局。世界那无限的广袤都不足以成为它们的居所。蒂亚戈走进地牢，小心观察，却发现牢门大开，里面空无一人。卖鸟人不留一丝踪迹，地牢也仿佛失忆了。蒂亚戈高喊卖鸟人，回应他的只有鸟群。

他决定回到树下。没有别的出路了，街道也好，房子也罢：只有猴面包树的肚子可以去。赶路时，鸟群在天空之上跟着他，组成一支啾鸣仪仗队。蒂亚戈来到鸟人的住处，看着满地的花瓣。它们已褪去红色，回归初始的白。他走进树洞，隐藏于某段时光的远处。还有必要等待老人回来吗？他肯定已经逃离白人，烟消云散了。与此同时，蒂亚戈又吹起口琴，在乐音的律动中哄睡自己，不再听外面的世界。如果他保持应有的警觉，就会发现人声已蜂拥而至。

“那该死的黑鬼就在树里面。”

复仇的脚步包围了猴面包树，践踏着花朵。

“是那老不死的，还吹口琴。吹吧，混蛋，一会儿就让你跳舞！”

火把触碰树干，火与苍老的树皮相恋。树洞里，男孩儿解开梦的绳结：他的头发变成小小的树叶，腿和胳膊化为木头，木手指深深扎进泥土。男孩儿正在通往另一个国度：那里绿树成荫，允诺一切不可能发生的事。鸟人的双手从梦游的猴面包树中徐徐升起，轻抚着花朵，花冠幻化成苞片：奇异的鸟儿诞生了，它们舞动着花瓣的羽翼，一跃而起，在火焰之巅翱翔。可是火焰，哪里来的火焰，超越了梦的迢遥之地？男孩儿正是在这时感受到烈焰的疼痛，那也是灰烬的诱惑。于是，这个树液的学徒，完整而永久地移居到他的新根之中。

俄国公主

"……只需放出传言，说马尼卡[1]有黄金，同时宣布修建一条铁路来运输黄金，成千上万的资金就会快速涌入，可以用这笔钱开设商店，建立蒸汽船航线，组织陆路运输，拓展工业活动，销售本地烈酒。葡萄牙将有无数种方式开采黄金，甚至剥削未来黄金的开采者……"

——安东尼奥·恩内斯[2]，莫桑比克，
《政府报告》，里斯本，
殖民地总局，1946年，第27—30页

您见谅，神父，我没有直接下跪，因为腿不行，您知道的：我左边这条小细腿儿没法好好贴着身子。

---

① 马尼卡（Manica）：莫桑比克西部集镇，位于马尼卡省，最初是靠黄金贸易发展起来的。

② 安东尼奥·恩内斯（António Ennes，1848—1901），葡萄牙前殖民地官员。曾任葡萄牙海事暨海外部部长（1890—1891），任职期间组织了一次针对莫桑比克的军事远征。

每个人都是一个种族

我来忏悔很久以前的罪孽，鲜血在我的灵魂中惨遭践踏，光是想想我就害怕。拜托了，神父，您听我慢慢说，稍安勿躁。这个故事很长。正如我常说的：蚂蚁的道路从不在近处终结。

您或许不知道，这座镇子曾经得益于另一种生活。很长一段时间，人们从遥远的地方来到这里。世界上有那么多国家，绝大多数都是外国。天空到处飘着国旗，无法想象天使们是如何来去自如而不撞到旗子上的。您说什么？直接讲正事儿？是的，我正要说呢。但别忘了：我刚才请求占用您一点儿时间。人的一生是很漫长的，神父。

我继续说。那时候，有一位俄国女士也来到镇子，她叫纳迪娅。听说在她的家乡，她是一位公主。同行的还有她的丈夫尤里，也是俄国人。夫妻俩为黄金而来，就像所有外国人一样，要在我们的土地上挖掘财富。尤里买了几座矿山，想借此一本万利。但老一辈人说得好：手上有盐，就别追着母鸡跑。因为那些矿不过一把尘埃大小，一口气吹过，就几乎什么也不剩了。

不过，俄国人把家当全带来了，都是些高档古董。他们的房子，您看一眼就知道，堆满了东西。有仆人吗？那可太多了。而我，作为一个同化民[①]，是这些仆人的首领。您知道他们叫我什么吗？大管家。这是我的头衔，我是个有身份的人。我不工作：我指挥别人工作。主人的要求都由我来满足。他们会好声好气地和我说话，很尊重我。然后我再吼叫着冲那些家奴发号施令。吼叫，是

---

① 20世纪殖民时期，葡萄牙在非洲实行“同化”政策：学会葡萄牙语的非洲人可以成为黑色人种的葡萄牙公民，即“同化民”（assimilado）。

的。只有这样他们才听话。没有人会因为喜欢而去受累。当初上帝把亚当逐出伊甸园，不就是一脚踢开的吗?

仆人都恨我，神父。每当我抢走他们的假期，就能感觉到那股怒气。我不在乎，甚至享受他们对我的厌恶。他们的愤怒使我更加高大，我觉得自己几乎也算是个主人了。据说喜欢发号施令是一种罪。但我觉得是这条腿劝诱我作恶。我有两条腿：一条圣人的，一条恶魔的。我怎么可能只走一条路呢?

有时候，我会撞见仆人在茅屋里嚼舌根。他们对许多事情感到愤怒，骂得咬牙切齿。我一走近，他们就闭嘴了。他们不信任我。但我觉得这种怀疑是对我的赞美：我能支配恐惧，而恐惧让他们如此卑微。这些人也会报复，拿我找乐子。他们总是模仿我一瘸一拐的样子，嘲笑我，这群混蛋。抱歉，我不该在这么庄严的地方说脏话。但我的愤慨由来已久，如今也不减半分。我天生残疾，这是上帝在我未成人形之前就降下的惩罚。我知道上帝全能伟大，可是，神父啊，您觉得他对我公平吗?这是在侮辱天主?好吧，我忏悔。如果我有所冒犯，您等一会儿记得宽恕我。

好的，我继续。在那所房子里，日子一成不变，忧郁而沉寂。主人大清早就会去矿区，他管那地方叫“金矿田”。不到三更半夜，他不会回来。这对夫妇没有访客。其他人，像英国人、葡萄牙人，从不上门。俄国公主活在她的忧伤之中，与世隔绝。即使在家，她也会盛装打扮。可以说，她就是自己的访客。她总是很小声，要听清她说什么，就得把耳朵凑近点儿。我就这样靠近她纤细的身体，我从未见过那样白皙的皮肤。这片洁白经常在我梦中出现，直到今天我还会为它的芳香而颤抖。

她喜欢待在一个小房间里，望着一只玻璃钟出神，倾听时针滴答滴答地走。那是她的家族传下来的东西，她只相信我，让我去清洁。福尔廷，要是钟摔碎了，我的命也就碎了。她总是这么说，嘱咐我一定要小心。

一天晚上，我正在自己的茅屋里点灯，身后一道阴影吓了我一跳。我一看，是夫人。她拿着一根蜡烛，缓缓走来。火光在角落里舞蹈，她就着光，打量我的屋子。我很惊慌，甚至感到羞耻。她平常见我时我都是穿着那套白色工作制服。可是现在，我穿着裤衩子，光着上身，毫无体面可言。俄国公主转了一圈，接着，在我的震惊中，坐到了我的草席上。您听见了吗？一位公主，居然坐在一张草席上！她坐了好一会儿，只是坐着，一动不动。然后，她用她特有的葡萄牙语问道：

“所以，这就是你住的地方？”

我没说话。我开始怀疑她是不是病了，脑筋搭错了地方。

“夫人，您还是回自己的房子吧。这间屋子不适合您。”

她没有回应。然后又问道：

“对你来说就适合？”

“对我够用了。我们只需要一块顶棚遮挡天空。”

她纠正我的看法。动物才会躲在洞穴里，她说。人的房子是用来居住的，那是我们播种生活的地方。我问她的家乡有没有黑人，她大笑起来：哎呀，福尔廷，瞧你问的什么问题！我很惊讶：如果那里没有黑人，那谁来干粗重活儿？白人干呀，她说。白人？她一定在撒谎，我想。不过，世界上到底有多少种律法？又或者，苦难并不是根据种族来分配的？不，我没在问您，神父，我只是在和自己探讨。

那天晚上，我们就这样交谈着。在门口，她请我带她去看看其他人住的大通铺。起初，我拒绝了。但在内心深处，我希望她去，好看到那些人远比我贫穷。于是，我又答应了：我们走进黑暗，去家奴生活的地方。当纳迪娅公主看到他们的生存环境，内心充满悲伤。她是如此震惊又急于表达，话都说不利索了，在葡萄牙语和母语之间来回跳跃。直到此刻，她才明白尤里先生为什么从不允许她出门。都是为了不让我看到这凄惨的景象啊，她说。我注意到她哭了。可怜的夫人，我同情她。一个白种女人，远离自己的族人，来到这荆棘丛生的蛮荒之地。是的，对公主来说，这里的一切都是荒野，或者荒野附近。就算那座大房子已经按他们的习惯收拾得光鲜亮丽，也依然只是荒野中的住所。

回来的路上，我踩中了黑金合欢树的瘤刺。刺尖狠狠扎进我的脚板。公主想帮我，但被我推开了。

“别碰它。我这条腿，夫人……”

她听懂了，开始安慰我，说这根本不算残疾，我无需为身体感到丝毫羞愧。起初，我并不喜欢这样。我怀疑她只是可怜我、同情我罢了。但很快，我沉浸在她的温柔之中，忘记了脚上的疼痛。连那条晃动的瘸腿都仿佛不是我的了。

那一晚之后，夫人开始频繁外出，探访周边地带。她趁主人不在家，命令我给她带路。福尔廷，这几天我们挑个日子，早点出发去矿山吧。她这些念头真让我害怕。我很清楚主人的命令，他是禁止夫人出门的。有一次，事情突然败露了。尤里先生说：

“其他仆人告诉我，你一直陪夫人外出。”

这群王八羔子，向主人告状就是为了证明我和他们一样，会在同一个声音面前低头。嫉妒是最恶毒的蛇：用受害者自己的牙齿咬人。于是，那一刻，我退缩了：

“我也不想的，主人。是夫人下的命令。”

看见没，神父？一转眼，我就告发了夫人，背叛了她对我的信任。

“下不为例，听见了吗，福尔廷？”

我们不再上街。公主坚持不懈地央求。就一小段路，福尔廷。可我没那个魄力。就这样，夫人又变回房子里的囚徒。她如同一尊雕像，就算主人晚上回来了，她也维持原样，一动不动地盯着钟表。她所看到的时间只对生活中没有存在感的人显现。主人压根儿不管她：他会径直走向餐桌，命人端上酒水，然后吃吃喝喝，周而复始。他甚至没有注意到夫人，仿佛她是个低等生物。他不会打她。打人可不是王子该干的事儿。王子们也不会亲自殴打或杀人，都是派别人去干。我们就是执行他们肮脏意愿的手，命中注定要服侍他们。我经常在别人的一声令下动手打人，棍棒伺候。我只打跟我同一肤色的人。如今，我环顾四周，已经无人可称兄道弟。一个都没有。这些黑人很记仇。我们这个种族总是怀着深仇大恨。您也是黑人，您懂的。假如上帝也是黑人，神父，那可麻烦了：我就永远也得不到宽恕了，永远！您说什么？不可以妄议上帝？为什么？

他在天上，离我那么远，我又如此渺小，他听得见我在这儿说什么吗？稍等，神父，让我抻一抻，调整一下姿势。这该死的腿，总是不听使唤。好了，我可以继续告解了。就像我刚才说的，不，是一直这么说，俄国人的房子里没有新鲜事儿，什么都没发生。只有夫人的沉默和叹息，还有时钟敲击着空洞。直到有一天，主人急匆匆地冲我叫嚷：

“叫仆人，福尔廷，快！到外面集合！”

我喊来所有家奴和侍童，甚至还有胖厨子内尔松·马基那。

“去矿井！快点儿！都上马车！”

我们赶到矿区，拿到铁锹，开始铲土。矿井在我们到之前又塌方了。脚下那片土地埋着很多人，有些已经死透，有些正在告别生命。铁锹上下挥动着，焦急万分。我们看到沙土中有手臂被铲中，像肉桩一样。到处都是惨叫，尘土飞扬，混杂着救援指挥的声音。在我旁边，胖厨子拽着一条胳膊，正要拼尽全力把人拉出来。谁知那胳膊是断的，早就脱离了身子。厨子抓着那块死去的断肢，摔倒在地。他狼狈地坐在那里，开始大笑。然后他看向我，笑容逐渐被泪水淹没。胖子呜咽着，像一个迷路的孩子。

我受不了，神父。我做不到。我知道有罪，但还是转身背离了那场灾难。那种痛苦我实在难以承受。一个仆人想拦住我，他冲我破口大骂。我把脸转向一边，不想让他看到我在哭泣。

那一年，矿井再次塌方。我也再一次放弃救援。我太不中用了，我知道，神父。可是您从没见过那样的地狱。我们总是向上帝祈祷，求他在我们死后把我们救出地狱。但到头来，我们早已活在地狱之中，脚踩烈焰，灵魂伤痕累累。矿区就是这样，仿佛一片沙砾与鲜血覆盖的农田，光是踏进去就叫人胆战心惊。因为死亡就埋葬在我们的双眼中，用无数条手臂撕扯我们的灵魂。请您坦率地告诉我，无法筛选肢解的躯体，这有什么错？

我不是拯救者。我只能被动接受现实，无法创造现实。回去的路上，我思考着这一切。眼睛甚至没有寻路，我好像行走在自己的泪水中。突然，我想起公主，仿佛听到她呼救的声音。她似乎就在那里，在每一棵树的拐弯处，双膝跪地，苦苦哀求，就像我此刻这样。但我又一次拒绝提供帮助。我远离了善良。

我回到茅屋。周围的世界充盈着入夜时分的美丽声音，我却难以倾听。我把自己藏在臂弯中，将思绪锁在一个幽暗的房间里。这时，公主的手触碰到我。我的双臂像固执的蛇，慢慢舒展开来。她对我说话，仿佛我是个小孩儿，她不曾有过的儿子：

“矿山出事故了，对吗？”

我无声地点了点头。她用母语咒骂了几句便出去了。我跟着她，知道她比我更加痛苦。公主坐在大厅里，一言不发地等着丈夫。当主人回来时，她缓缓站起身，手里抱着玻璃钟——就是她千叮咛万嘱咐，要我小心擦拭的那个。只见她把玻璃钟高高举起，竭尽全力砸到了地上。玻璃碴子飞溅开来，遍地都是亮闪闪的颗粒。她继续摔碎其他瓷器，一切都做得从容不迫，没有一声尖叫。可是我知道，那些玻璃在切割她的灵魂。主人倒是尖叫了。先是用葡语，命令她停下。公主没有服从。他又用母语吼叫，她还是不听。您知道她做了什么吗？不，您无法想象，即使我亲眼目睹也不敢相信。公主脱掉鞋子，瞪着丈夫的脸，开始在玻璃碎片上跳舞。她跳啊，跳啊，跳啊。血流了一地，神父！我知道，因为是我清理的。我拿来一块布，擦拭地板，就像轻抚她的身体，安慰她的百孔千疮。主人命令我出去，别管这一片狼藉。但我拒绝了。必须清理这些血迹，主人。我回答的声音仿佛根本不是自己的。我在违抗命令吗？哪里来的力量，让我这样固守在地上，情愿囚禁于我自己的意志？

就这样，不可能之事成为现实。漫长的时光在瞬息之间逐渐流逝。不知道是不是因为玻璃，第二天，夫人病了。她躺在一个单独的房间里，一个人睡。我铺床的时候，她就在沙发上休息。我们时常聊天。话题不外乎两种：故乡回忆，还有她童年的摇篮曲。

“夫人，您一定是得了思乡病。”

“我的生活都在那里。我爱的人也在俄罗斯，福尔廷。”

我抖了抖身子，假装淡定。我不想听懂。

“他叫安东，我唯一的心上人。”

我学她讲话，不是看不起她。总之，我为她保守了关于情人的这番自白。从那以后，更多的秘密接踵而至。她经常向我吐露那段隐秘爱情的回忆。我害怕谈话被人听见，总是把活儿干得飞快，只为早点离开房间。然而，有一天，她递给我一个粘好的信封。这是最重大的机密，绝不能引起任何人怀疑。她请我把那封信投到镇子的邮局里。

那天之后，她总是给我信。接连不断，一封，一封，又一封。她躺着写，信封上的字母同她的高烧一起颤抖。

可是神父啊，您想知道真相吗？我从未寄出那些信。一封都没有。我有罪，并为此受尽折磨。是恐惧拴住了我应有的乖顺，我太害怕被人抓到手里拿着那些灼烧的证据。

可怜的夫人始终和善地注视着我，深信我做出了并不存在的牺牲。一拿到她的信，我就开始发抖，好像手指握住了火焰。是的，我没说错：火焰。因为这就是所有信件的归宿。我把它们全部扔进了厨房炉灶。夫人的秘密在炉火中化为灰烬。我会倾听火的声音，仿佛那是她的叹息。见鬼，神父，光是说这些羞耻之事，我就浑身冒汗。

时间一天天过去。夫人的体力每况愈下。每次我走进房间，她都会深深看着我，蓝眼睛的目光好像要穿透我的身体。她从不问我是否收到回信。一次都没有。只有那双从天空偷来的眼睛，在沉默的绝望中询问着我。

医生每天都来。他走出房间，摇摇头，表示没救了。阴影笼罩着整座房子，窗帘总是紧闭着。只有影子和静寂。一天早晨，我发现房门似乎开了一条缝。是夫人在窥探。她示意我进屋。我问她是否感觉好一点儿。她没有回答，只是坐在镜子前，往脸上扑香粉，潦草地掩盖死亡的色彩。她想涂口红，可是花了不少时间才把膏体对准两片嘴唇。她的手抖得如此剧烈，红色都涂到了鼻子上，下巴也涂得到处都是。如果我是个女人，就去帮她了，可我是男人，只能局促地看着她。

“夫人，您要出门？”

“我要去火车站。你也去。”

“火车站？”

“是的。安东下一班火车到。”

她打开包，露出一封信，说那是安东的回信。虽然等了很久，总归还是收到了。她挥舞着信封，就像孩子们害怕幻想被剥夺时那样。她用俄语说了几句话，又用葡语说：安东从贝拉[①]坐火车来，要带她离开这儿，去很远的地方。

毫无疑问，她在说胡话。夫人只是在编织幻觉。怎么可能收到回信？我不是把所有信都烧了吗？夫人不是很久都没出门了吗？更重要的是：她写下的文字不是都寄到火里去了吗？

在我臂膀的搀扶下，她出发了。我是她的拐杖，一直陪她走到火车站附近。正是在那里，神父，我犯下一桩严重的罪行。我对自己很苛刻，不轻易接纳自己。是的，我为所有事物辩护，唯独不为自己。所以，这场忏悔让我如释重负。就靠上帝来为我辩护了。我说得不对吗，神父？好，您继续听。

公主的皮肤紧贴着我的身体，我的毛孔渗出她的汗。她就在我怀里，整个人，无助地。我开始幻想她最终与我一起逃走。我若不是安东，还会是谁？没错，那封回信就是我写的。我是个骗子吗？可是那一刻，我是认同自己的。毕竟，倘若夫人的生命已经过期，帮她实现那些胡言乱语又有什么关系？谁知道呢，或许这种疯狂能将侵吞她身体的伤口治好。但是，您看见了吗，神父？我在伪装什么？我，杜阿尔特·福尔廷，家仆的大管家，竟然与一个白人——而且还是位公主——私奔了？好像终有一天，她会想跟我在一起似

① 贝拉（Beira）：位于莫桑比克中部，是该国第四大城市。

的：我这样的肤色，两条腿还长得不一样。毫无疑问，我有蚯蚓的灵魂，注定要在另一个世界匍匐而行。我的罪孽需要漫长的祷告。为我祈祷吧，神父，请尽力为我祈祷！因为最糟糕、最可怕的事情，我还没说。

我背着公主在一条岔路上走着。她根本没注意到方向变了。我把她带到河边，让她躺在柔软的草地上。我去河里取了点儿水，湿润她的脸和脖子。她打了个冷颤，香粉面具开始溶解。公主艰难地喘着气，环顾四周，问道：

"到火车站了？"

我决定撒谎。我说火车站就在旁边。我们待在这片树荫下，只是为了躲开那些在大厅里等车的人。

"我们不能被看见。最好在这个僻静的地方等火车到站。"

可怜的公主，她感激我的周到，说从未见过像我这样善良的人。她请我到点儿就叫醒她；她很累，需要休息。我呆呆地望着她，为触手可及的亲近而感到欢喜。看到她连衣裙上的扣子，我立刻猜想到裙下所有的温热。血液开始加速流动。同时，我又感到恐惧。万一主人发现我跟他太太一起待在草丛里，该怎么办？那他就只能将漆黑的枪口对准我，一枪崩死我了。正是这种恐惧阻止了我。我迟迟不动，只是望着怀里的女人。那一刻，我的梦再次开始远离。您知道我是什么感觉吗，神父？我感觉她已不再拥有自己的身体：她在使用我的。您明白吗？她雪白的肌肤是我的，嘴唇属于我，蓝眼睛也都是我的。仿佛一个灵魂分布在两具截然不同的躯体中：一男，一女；一黑，一白。您感到困惑？要知道，神父，相反的事物最为相同。不信？您瞧：火难道不是最像冰吗？两者都会燃烧，人只有通过死亡才能进入其中。

但倘若我就是她，那么我正在第二具身体中死去。于是我感到虚弱，放弃了挣扎。我倒在她身旁，我们一动不动地躺在那里。她双眼紧闭。我躲避着迟缓的睡意。因为我知道，一旦闭上眼睛，就再也睁不开了。我已深陷意识的内层，不能继续下沉了。有时候，我们会变得和死人十分相似，由此给予后者力量。但这也是它们不肯原谅的原因：我们，这些活人，竟然与它们如此相似。

您知道我是怎么救人的吗，神父？我把双臂插进滚烫的土地，就像那些垂死的矿工一样。是我的树根将我捆绑在生命之上，于是我拯救了自己。我爬起来，大汗淋漓，发着高烧。我决定立刻离开。公主还活着，她伸手试图阻止我。但我无视了她的请求。我往回赶，体会到当初在矿山抛下幸存者时的压抑。一到家，我就对主人说：我在火车站附近的一棵树下遇到夫人，她已经死了。我陪他去亲自确认。在那片树荫下，公主还有呼吸。当主人俯下身，她抓住他的肩膀，喊道：

“安东！”

主人听到了那个不属于他的名字。尽管如此，他还是充满爱意地亲吻了她的额头。我拉来马车。当我们把她抬起来时，她已经走了，冰冷得如同没有生命的物件。这时，从她的裙子里掉下一封信。我想捡起来，但主人更快。他吃惊地看着信封，然后审视着我的脸。我低着头，下巴垂到胸口，生怕他问我什么。但主人只是把纸揉成一团，塞进口袋。我们沉默地回到房子。

第二天，我逃往贡多拉[1]。直到现在我还住在那儿，在火车站工作。我时不时会来马尼卡镇，去一趟老墓地。我会跪在纳迪娅夫人的墓前祈求原谅，尽管我也不知道要她原谅什么。不，也许我知道。求她宽恕我不是她等待的那个人。但这只是伪装的过错，您知道的，我下跪也是谎言。因为当我跪在墓前，我只能想起她的体香。所以我向您忏悔，这份苦涩夺走了我生活的滋味。我将不久于人世。我甚至求过上帝允许我就此死去。可是上帝似乎不听这种请求。您说呢，神父？我不应该说这种丧气话？总之，我就是这样回忆自己的：一个鳏夫，但那个妻子我从未拥有。我感觉自己是如此渺小。您知道唯一能温暖我的快乐是什么吗？就是当我离开墓地，在俄罗斯人那个老矿区的尘埃与灰烬中漫步的时候。矿井已经关闭，同夫人一起死去。我独自走到那里，坐在一根老树干上，回望身后我走过的道路。您猜我看见了什么？我看到两行脚印，不同，却都出自我的身体。一行是男人的大脚印；另一行是女人的小脚印。那是公主的脚，在我身边行走。一定是她的脚印，神父。我无比确信。上帝都不能动摇我的信念。他可以不宽恕我的任何罪孽，我也愿意承受下地狱的宿命。我不在乎：因为在地狱的灰烬中，我必将看见她的脚印，永远在左边陪伴着我。

① 贡多拉（Gondola）：马尼卡省的另一个集镇。

盲渔夫

“每个人的船都在他自己的胸膛里。”

——马库瓦族[1]谚语

我们远离自己，活在冷漠的伪装之中，消退自身。为什么我们更偏爱内在的黑暗？也许是因为黑暗能聚集万物，将散乱的丝线缝合起来。在夜晚温暖的庇护下，不可能之事获得了假想可见的外衣。幻象中栖息着我们的幽灵。

此刻我写下的一切，还尚未发生。墨水最终的命运就是成为流水的文字，那是不愿回忆之人书写下来的。因为盲渔夫——马内卡·马赞贝——挖空了两只眼睛，只剩两口被烈日饮尽的枯井。他是如何失明的，过程令人难以置信。有些故事，讲得越多，就了解得越少。最后，众说纷纭，却只能制造出寂静。

事情发生在一次捕鱼途中：马内卡在无边的大海上迷失了方

① 马库瓦族（Macúa）：非洲东南部的一个民族，主要集中在莫桑比克北部和坦桑尼亚南部边境。马库瓦族是莫桑比克最大的族群。

向。暴风雨已经恐吓过他的小船。渔夫漫无边际地漂流，仿佛永远没有尽头。许多个时辰来了，又被时间召唤而去。没有渔网，也没有储备，马内卡坚信他能等到救援。但是饥饿开始在他腹中筑巢。绝望之余，他决定把鱼线放出去，可钩子上竟没有鱼饵。谁也没见过哪条鱼会因为喜欢咬空鱼钩而自杀吧。

夜晚，严寒铆足了劲儿折磨人。马内卡·马赞贝用身体将自己裹成一团。没有比身体更舒适的避难所了，他想。不知道婴儿在母亲肚子里会不会着凉呢？

一个星期过去了，一天都没落下。小船依旧在海面上漂浮；渔夫依旧顽强地存活着。随着饥饿加剧，他开始在身体的骨架子上摸索肋骨。

“我已经脱相了。”

事实总是如此：理智会比身体瘦得更快。骨瘦形销之下，马内卡的决心日益壮大。他拔出刀，稳稳地摆好姿势，挖出了左眼。另一只留待日后再用。马内卡用钩尖穿透眼睛，再推到钩底。现在，它已经是一个刚从孔洞中取出的陌生器官了。可是马内卡注视它时，仍然打了个寒战。好像那只被剥夺权利的眼睛还在盯着他，带着孤儿的痛苦和孤独。就这样，鱼钩入侵他分离的血肉，比任何尖刺都更加令他感到疼痛和残缺。

他抛出鱼线，等待着。他已经预见到一条鱼，体型肥硕，在空中挣扎着喘气。是啊，一条鱼可不是每天都能吃到眼睛这样的美味的。他被自己的话逗笑了。

终于，数次等待之后，鱼来了。是一条肥美的银鱼。不过，他什么时候见过瘦鱼？从来没有。海洋的慷慨胜过陆地。

马内卡一边这样想着，一边向“斋戒”复仇。他把鱼放在船中间烤。小心，总有一天船会着火，连你一块儿烧了。这是他老婆萨利玛的警告。现在，肚子饿的问题解决了，他也露出了笑容。萨利玛，她知道什么呀。瘦小的女人，像温顺的芦苇一样脆弱，微风轻轻一吹就倒。他也不懂她哪儿来这么大力气，能把杵头举得那么高。想到萨利玛的抚慰，马内卡松软下来，甚至打起了盹儿。

可是树荫的大小并不能用来衡量树的高矮。顽固的饥饿卷土重来。马内卡想划船，却划不动。再也没有体力可以满足他的需求。于是，他决定：挖出右眼。又一次，他给自己做了手术。黑暗将渔夫四面围困。马内卡双目失明，只有靠手指去尝试相信“视觉”。他把鱼线重新抛回大海，不用等待，就感觉到鱼线正在绷紧，宣告那是他有生以来捕获的最大的鱼。

饥饿暂时得到缓解，双臂恢复能力，灵魂也从大海回归。他划啊，划啊，划啊。直到船撞上了什么东西，黑暗与黑暗相遇。海浪翻涌着活泼的潮水，哗哗作响。马内卡由此猜测，自己到了一片海滩。他站起来，大声呼救，然后静静等待许久，终于，他听见说话声，有人来了。渔夫很惊讶：那些声音很耳熟，和乡亲们的一模一样。难道他的手臂在没有视力帮助的情况下，认出了回家的路？接着，好几双手将他搀起来，帮助他下船。

有人哭泣，有人睡眼惺忪，懵懵懂懂。所有人都想见他，却没有人愿意直视他。马内卡的归来传递着欢乐，他的样貌却播下恐惧的种子。渔夫回来了，但也被剥夺了人最重要的组成部分：眼睛，那是灵魂之火赖以燃烧的窗阁。

从那以后，马内卡·马赞贝再也没有出过海。倒不是他有意在陆地上流亡。他总是坚持：事实证明，他的手臂认得水中的捷径。但是所有人都不允许他下水。萨利玛更是断然拒绝把船桨交给他。

“我必须出海，萨利玛。不然我们吃什么？”

“过穷日子总比当寡妇强。”

她让丈夫休息，说自己会去捡一些蛤蜊、海扇和海螺，可以吃，也可以卖。这样就能缓解贫穷。

“我也可以捕鱼，马内卡，坐船去……”

“不行，女人。绝对不行。”

马内卡激动得如同狂风骤雨：萨利玛永远不要再打这个主意。他是瞎了，可是他还没丢掉男子汉大丈夫的地位呢。

光阴荏苒。漫长的早晨，盲渔夫会披上阳光的蓑笠。他的梦在浪潮纷扰的涌动中张开想象的臂膀遨游。到了中午，女儿会把他带到一片凉意温存的阴影下。孩子们在那里照顾他吃喝。只有孩子可以这么做。因为渔夫在进行唯一的一场战争：远离他忠诚的妻子萨利玛的关怀。对马内卡来说，接受她的救济，是最痛苦的卑躬屈膝。萨利玛对他温柔体贴，他却总是拒绝。她若喊他，他就用一声嘟囔来回应。

然而，随着时间的沉淀，饥饿安家落户。萨利玛艰难地拖着身子拾拣贫穷的贝壳，比潮汐还要准时。可是贝壳太多，能吃的却太少。

于是，萨利玛向丈夫宣布：不管代价多大，她第二天必须坐船出海。她要去捕鱼。她身上隐藏着他视而不见的魄力。马内卡绝望地反对：绝对不行！哪里见过一个女人出来捕鱼、指挥渔船的？别的渔夫会怎么说？

“就算要把你砸晕在我脚边，萨利玛，你也别想出海！”

说完这句话，他吼叫着喊来孩子们，走下海滩。瘦削的身形在佝偻中剑拔弩张。海水正在退潮，小船肚皮朝下，慵懒地躺在沙滩这张睡椅上。

“来，孩子们，一起把这条船推上去。”

他们把渔船推到沙丘上，那是海浪无法抵达的地方。马内卡挥舞着手，羞辱妻子：

“你，萨利玛，别想挑战我。”

接着，他转向小船，决定道：

“现在，你要变成房子。”

从那天起，马内卡·马赞贝一直住在船上，那里既是海洋，也是陆地。他和渔船好像一只乌龟，四脚朝天，无法回到海里。在辽阔的孤独中，马内卡彻底抛弃了自己。

一天清晨，萨利玛走到小船跟前，凝视着丈夫。他看起来一团糟，满脸胡子。女人坐下来，手里端着一锅米饭。她说：

“马内卡，你已经很久没有用棍子打我了。”

萨利玛进一步解释：也许他脾气暴躁是因为禁欲的缘故。说不定，他需要感受一下她的眼泪，那是她的苦难唯一的所有者。

“马内卡，你可以打我。我来帮你：我会一声不吭，不躲不闪。”

渔夫默默扫视着灵魂的小径。他认得出女人的陷阱。于是，他岔开话题：

“都不知道现在几点了。如今，我再也没法儿知道了。”

萨利玛坚持着，几乎在乞求：打她吧。男人沉默片刻，站起身。突然，他绊倒在女人身上，连忙抓住她的胳膊，带着指责的神情。萨利玛等着丈夫施暴。马内卡的手落下了，却是为了抓住那口锅。只见他粗暴地一挥，将饭菜全部掀翻到地上。

“再也不要给我带吃的。我不需要你的任何东西。别再来了！”

女人坐在米饭和沙子中间，世界也碎成了石砾。她看着丈夫回到船上，发现男人和小船是如此相似：一个失去了光明；另一个思念着海浪。萨利玛正要离开，渔夫喊住她：

“女人，给我带点儿火来。”

她颤抖起来。火，用来做什么？内心深处有一个预感让她想要拒绝。但她还是含泪服从了。她拿来一根燃烧的木柴。

“别这样做，马内卡。”

盲渔夫举起木柴，仿佛握着一把宝剑。然后，他放火烧了船。萨利玛尖叫着，围着火堆转来转去，好像那把火正在她体内燃烧。马内卡的疯狂是对厄运发出的邀请。于是，她撕扯着男人破烂的衬衣，好让他听清自己的决定：她要离开他，带走孩子们，永远不再回来。萨利玛走了，甚至教孩子们想象父亲中邪、诅咒他们生活的样子。

渔夫孤身一人，沙地似乎变得更加宽广。在最微小的想象中，他任由自己坠入黑夜，用手指摸索着余烬的味道。触摸小船的残骸让他有一种强大的感觉。至少，他有能力摧毁一切被禁止拥有的事物。

日子在马内卡的不知不觉中流逝。然而，一天夜里，萨利玛的预言应验了：那把火蹿得太高，惊扰了神灵。因为在椰子树的顶端，风开始呼啸。马内卡极度不安，地面甚至在颤抖。突然，天空裂开一道口子，冰块像粗粝的石头一样砸向整片海滩。渔夫在虚空中狂奔，寻找避难所。冰雹无情地惩罚着他。马内卡不知该如何解释。他从未见过这种现象。大地升到天空中去了，他想。世界天翻地覆，任由其材料不断崩塌。渔夫像一个孤儿般痛苦地跪在地上，双臂抱头。他根本听不见自己，否则他就会发现，在自己的啜泣和大地的哀鸣之间，掺杂着他呼喊萨利玛的声音。

就在那时，他感到一只柔软的手正在触碰他的肩膀。他抬起脸，有人正为他拂去高热。起初，他是拒绝的，但很快就放弃了。他仿佛变成孩子，躺在母亲的怀抱里。他喊道：

“萨利玛？”

寂静。这个充满温柔的身影是谁？一定是萨利玛，因为她的身体纤瘦而坚定。但是这双手好像更加苍老，布满悲伤的皱纹。

女人将他带去一间庇护所，应该是她自己的小屋。然而，那个地方似乎有着另一种寂静，另一种馨香。外面，风渐渐吹累了。暴风雨也终于隐遁。此刻，那双手正在清洗他的面庞，安抚他脸上的盐。

“你，我不知道你是谁……”

一把梳子将他的头发梳理整齐。在女人的抚慰下，马内卡几乎要睡着了。她扶着他的肩，帮他穿上一件熨平的衬衣。

“不管你是谁，我求你：永远不要出声。我不想听见你说任何话。”

女人的身份注定要在沉默中遗失。无论那双手是否属于萨利玛，抑或那间小屋是否属于女人，一无所知的马内卡终将接受自己。此外，他已察觉到女人的狡黠：她们会驯服男人，把他们变成孩子和信心不足的灵魂。

就这样，马内卡逐渐重拾时间。他接受了无名女人的慰藉。女人遵循他的请求，连叹息声都从未发出过。

每天下午，他会离开家，去树林里执行一项隐秘的任务，那是他唯一的爱好。直到有一天午后，他出现在无声的伴侣面前，说道：

“把这对船桨带走。去海滩吧，那里有一艘船，是我为你出海捕鱼而造的。”

他又说：她应该出去，指挥渔船。不用担心他。因为他会待在海边，专注于大海留下的战利品。

“就当我在寻找失去的眼睛吧。”

从此，每一个风雨无阻的清晨，人们都会看到盲渔夫在海滩上漫步，反复搅动着海水在沙地上逐一拼读出来的泡沫。就这样，他踩着流动的步伐，在世世代代的海浪中，寻找着自己完整的面容。

西德尼·波蒂埃[①] 在菲日普·贝鲁贝鲁的理发店

帝国：我站着，捧腹大笑。

菲日普·贝鲁贝鲁的理发店位于马基尼诺[②]集市的一棵大树下。天花板是这棵滇刺枣树的树荫。没有墙：这样，最凉爽的风就能吹过客人坐的椅子。树干上挂着一块牌子，上面写着服务价格：7块5[③]一颗头。随着生活成本上涨，菲日普又将标价改为：每颗头20块。

旧木板上晃动着一面镜子，旁边是一张猫王的泛黄海报。客人等候用的长凳边儿上有一只小木箱，上面是一台收音机，随着舞曲咚次哒次的节奏震动。

菲日普习惯一边给客人的脑袋除草，一边高声说话。理发师聊起天儿来，总是絮絮叨叨，说这说那。不过，他不喜欢老主顾被自

① 西德尼·波蒂埃（Sidney Poitier，1927—2022）：巴哈马籍美国演员，是世界上第一位黑人奥斯卡影帝。

② 马基尼诺（Maquinino）：贝拉市郊的一个社区。

③ 本文使用的货币单位为葡萄牙旧有的“埃斯库多”（Escudo）。为保留原文口语效果，简单译为“块”。

己的闲谈弄得昏昏欲睡。要是有人在椅子上睡着了，贝鲁贝鲁就会按一定比例加钱。他甚至在价目表下面添了一行字：“头部按摩+睡着：+5块”。

好在滇刺枣树荫下没什么糟心事儿。理发师总是情绪高昂，逢人就喊：“握个手吧！”谁要是顺道听一耳朵，一定会听见他跟客人的欢声笑语。菲日普宣传起自己的服务，那可真是毫不含糊：

“告诉你们：我——理发师中的大师。正是本人。你们可以去那些街区四处打听打听：大家都会说，菲日普·贝鲁贝鲁是最棒的。”

有些客人会耐心宽容地听着。还有一些人会挑衅他，假装唱反调：

“广告打得不错啊，菲日普师傅。”

“嘿，什么广告？千真万确！我还剪过白人的小细头发呢。”

“什么？你可别告诉我有白人来过这家店……”

“我没说白人来过。我说的是，我给他理过发。真的，以荣誉起誓。”

“菲日普，请解释一下：如果白人没来过，你又是怎么给他理发的呢？”

“我被叫到他家去了呀。不光他，我也给他的孩子们理发了。他们不好意思坐在这张椅子上。就这么简单。”

“抱歉，菲日普师傅，那他一定不是什么上等人，顶多是个‘西卡卡’[1]。”

① 西卡卡（xikaka）：社会地位较低的葡萄牙移民。

菲日普把剪刀铰得咔嚓响，左手一把掏出钱包。

“嚯！你们怎么回事儿？总是怀疑这个，质疑那个。我这就拿出大师的证据来。稍等，在哪儿来着……？哦，这儿呢。”

他小心万分地取出一张西德尼·波蒂埃的彩色明信片。

“瞧瞧这张照片。看到这位先生了吗？好好欣赏一下他的头发：在这儿剪的，用我的手。我给他理发的时候压根儿不知道他是哪门子大人物。我只听见他说英语。”

客人们更加怀疑了。

“我跟你们说：这家伙把他的脑袋一路从那——么远的美利坚带到我的理发店……”

说话时，他不停地往树冠上看，时刻保持警惕，好避开掉落的果子。

“该死的滇刺枣！只会弄脏我的理发店。还老有熊孩子想摘那些印度枣[1]。要是在这儿被我碰上，我就一脚把他踹成好几块。”

“菲日普师傅，你不喜欢孩子吗？”

“什么？喜欢？就在前几天，有个小孩儿拿了一把弹弓，对准这棵该死的树，想把果子打下来。石头打在树叶上，啪！掉下来砸中了客人的头。结果，那客人没在我这儿理发，倒是去救助站剃了个光头。”

客人不停地换，谈话却在重复。美国演员的旧明信片被一次次从菲日普大师的口袋里取出，验证着理发师的荣耀。不过，最难说

① 滇刺枣的别称。

服的人当属巴巴·阿丰索。这是个内心一丝不苟的胖子，走路总是拖着后腿，慢悠悠的。阿丰索质疑道：

“他来过这儿？不好意思，师傅，我不相信，一点儿也不。”

理发师大为愤慨，双手叉腰：

“不信？可他就坐在你这把椅子上。”

“像他这样的有钱人，尤其还是个老外，肯定会去白人的美发沙龙，绝不会坐在这儿，师傅。不可能！”

菲日普假装受到了冒犯。他的话不容置疑。于是他亮出最后的底牌：

“你不相信？那我去找个证人。你们在这儿等着瞧吧。”

然后他就离开了，留下一堆客人好奇地等待。众人安抚阿丰索：

“巴巴·阿丰索，别这么较真儿。就是开个玩笑，没别的意思。”

“我不喜欢别人撒谎。”

“这根本不算撒谎啊。打广告嘛。我们假装相信不就行啦。”

“对我来说，这就是撒谎。”阿丰索重复道。

“你说得对，巴巴。但是这个谎话没伤害任何人。”

理发师并未走远。他只是走了几步路，和一个卖烟草的老头儿商谈了几句。接着两人就一起回来了。

“这位是老雅伊芒。”

菲日普说完，转向老头儿，吩咐道：

“雅伊芒，你说吧。”

老头儿先是声嘶力竭地咳嗽了好一阵子，然后操着一口极不标准的葡语说：

“没辍，我确实见过照片上介个人。他久是在这儿铰的头。我是木鸡证人。”

客人的问题像雨点一般落下：

“那你有听到这个老外说话吗？说的什么语言？”

“英勾里洗。”

“他怎么付钱的？”

“铜板儿。”

“哪种？是咱们用的钱吗？”

“不，系外国钱。”

理发师很满意，胸脯挺得老高。可是雅伊芒时不时就会脱离商量好的内容，自由发挥起来：

“后来，介个人就去大巴扎[1]买登西了。”

“什么东西？”

“羊葱，橙纸，肥照。对了，他还买了大麻叶。”

巴巴·阿丰索一下子从椅子上跳起来，举起他的胖手，指着老头儿说：

“这下被我逮住了吧：像他那样的人不可能买大麻。这都是你编的。那种人只抽带滤嘴儿的香烟。雅伊芒，你在撒谎，骗子！就是这样。”

雅伊芒被胖子突如其来的坚持给惊呆了。他害怕地看了看理发师，试图做最后的争辩：

① 集市，农贸市场。

“哎呀，不系撒谎。我还记得那是个礼拜路呢。”

然后，大家都笑了。因为这并不是一场严肃的战役，质疑也不过是开个玩笑罢了。

菲日普绷着脸，假装闷闷不乐，建议那些怀疑分子选择别家理发店剪头去。

“行啦，没必要生气，我们相信你，接受你的证人。”

连巴巴·阿丰索都让步了，继续调侃说：

“我看那位歌星猫王，肯定也在咱们马基尼诺理过发……”

不过，菲日普·贝鲁贝鲁并不是一个人工作。还有一个残疾小伙儿帮他打扫卫生，他叫加斯帕尔·维维托。他会小心清扫沙地，以免扬起尘埃；还会将毛巾和抹布里的脏东西远远地抖掉。

菲日普总是叮嘱加斯帕尔要谨慎处理剪下来的头发。

“维维托，把头发埋得深一点儿。我可不想跟‘暖切库塔’开玩笑。”

他说的是一种小鸟，专偷人的头发做窝。传说，一旦头发被这种鸟儿偷了，那个人头上就再也长不出半根毛了。菲日普觉得加斯帕尔·维维托办事不力，客人减少都是他的错。

但是，菲日普也不能对这位助手要求过高。因为小伙子完全是个废人：两条腿软趴趴的，每时每刻都像在跳马哈本塔舞[1]；小脑袋像瘸腿一样歪在肩膀上；说话结结巴巴，一发元音就流口水，一

---

① 马哈本塔舞（marrabenta）：莫桑比克一种传统舞蹈。舞蹈动作包括身体向左右两侧摇摆以及骨盆区域前后摆动。

发辅音就唾沫星子四溅；当他试图赶跑摘印度枣的熊孩子时，还会绊倒。

黄昏时分，店里只剩下一个客人，菲日普吩咐维维托打扫卫生。这也是客人们来投诉的时间。如果说维维托帮不上忙，那菲日普也好不到哪儿去，他更喜欢用插科打诨来应付投诉，而不是钻研理发手艺。

“不好意思，师傅。我堂兄萨洛芒委托我来投诉他的头发剪得不好。”

“怎么剪的？”

“一根头发都不剩，全剃光了。现在秃头一颗，亮得像一面镜子。”

“不是他自己要这样的吗？”

“不。他都不好意思出门了。所以才让我来投诉。”

理发师愉快地接受了抱怨。他一边把剪刀弄得咔嚓响，一边说：

“听着：告诉他，秃头挺好的，就这样吧，省几把梳子。再说，就算我剪得太多，那也是赠送服务。”

说完，他绕着椅子上的客人转了一圈，后退几步欣赏自己的杰作。

“起来吧，大功告成。不过，你最好仔细照照镜子，省得回头还要派堂兄来投诉。”

菲日普抖了抖毛巾，头发散落一地。谁知客人毅然决然，也要加入投诉小分队：

“菲日普师傅，刘海几乎被你剪光啦。看我这脑门儿，宽得没边儿了！”

“啊，我根本没碰过你的脑门儿。你要是想抱怨自己头大，就得去跟你爹妈谈谈。我可没有半点儿过错。”

两位投诉者开始齐声抱怨两颗秃头。这正是理发师对毛发的不幸进行哲学思考的时刻：

“你们知道一个人为什么会变秃头吗？因为他戴了别人的帽子。就是这样才秃的。比方说我，从来不穿来路不明的衬衣，坚决不穿。更不要说裤子了。瞧瞧，我连襟就买过一条二手内裤，结果……”

“但是，菲日普师傅，剪成这样，我可不付钱。”

“不用付。还有你，去跟你的堂兄萨洛芒说，让他明天来一趟：我给他退钱。就知道钱，钱……”

就这样，生气的客人赢得了不付钱的权利。只有客人满意，贝鲁贝鲁才会收钱。从早到晚，疲惫压得他抬不起腿来。

“见鬼，从早上开始我就‘咔——咔——咔’地剪。真是受够了！生活不易啊，加斯帕尔·维维托。”

于是两人坐下来。大师坐在椅子上，助手坐在地上。这是菲日普师傅的日落时分，也是他思考伤心事儿的时候。

“维维托，我怀疑你最近没有好好安葬那些头发。‘暖切库塔’小鸟好像在偷走我的顾客。”

小伙子只能发出一些类似哽噎的声音，用一种独有的语言为自己辩解。

“别说了，维维托。去瞧瞧我们挣了多少钱吧。”

维维托晃了晃木盒子，硬币在里面叮当响。笑容洋溢在两人脸上。

“唱得多好听啊！我发誓，这家店一定会做大做强的。我甚至考虑在这儿装一部电话。或许将来我可以不对外开放。你觉得呢，维维托？我们只向有预订的顾客提供服务。你在听吗，维维托？”

助手瞥了一眼站起来的老板。菲日普绕着椅子发表演说，畅想未来。但下一秒，理发师盯着这个残疾小伙子，仿佛他的梦想被折断了羽翼，陷落在这片深色的沙地上。

“维维托，你现在应该问：如果这地方连墙壁都没有，要怎么‘不对外开放’呢？这才是你该说的话啊，加斯帕尔·维维托。”

但这不是指责。他声音低沉，仿佛躺卧在地上。他走到维维托身边，伸手抚摸小伙子不停抖动的头，感慨道：

“我看这头发该剪剪了。可是你这安静的脑袋闲不住，总是东摇西晃的。”

加斯帕尔费力地爬上椅子，把围布系在脖子上，然后担忧地指了指周围昏暗的天色。

“还有时间修剪几刀。现在你坐好别动，这样咱们就能快点儿。”

两人在大树下摸索着理发。此刻，所有的阴影都死了。蝙蝠尖叫着描绘天空。

这时，集市里摆摊儿的“小玫瑰”罗西尼娅经过他们，准备回家。她一出现，菲日普就定住了，满脸热切地看着她。

“维维托，看到那个女人了吗？美啊，太美了！她总会在这个时段经过这儿。有时候，我都怀疑自己是不是故意磨蹭到天黑，拖延时间，直到她经过的那一刻。”

每到这时，菲日普师傅才会坦露忧伤。另一个菲日普出现了。但他没有倾吐对象：维维托一声不吭的，他能明白理发师的伤心事儿吗？

“真的，维维托，我受够了一个人过日子。我老婆抛弃我很久了。那个臭婊子跟别人跑啦。可是理发师这份工作也好不到哪儿去。一个男人被困在这儿，都不能回去看一眼家里的情况，控制一下局面。下场自然如此。”

菲日普掩饰着愤怒，想把那份沉重抽离出来，全部发泄到动物身上。他朝树枝扔了一块石头，试图击中蝙蝠。

“肮脏的畜生！没看到这是我的理发店吗？这儿有主人，是菲日普·贝鲁贝鲁大师的地盘儿。”

两人在假想的蝙蝠敌人后头追着跑，最后相互绊倒，生气不起来了。他们疲惫地喘着粗气，露出一丝微笑，似乎原谅了世界的冒犯。

有一天，理发店仍在为顾客提供慵懒的服务。这天早晨和往常任何一个早晨一样，欢声笑语持续不断。菲日普指着价目表，提醒客人睡着了要加钱。

“只有在椅子上睡着的人才需要付这个钱。胖老兄巴巴·阿丰索就经常这样。我刚把毛巾垫上，他就开始打盹儿。我可不喜欢这样。我又不是谁的老婆，还得哄别人的脑袋入睡。这是一家正经的理发店……”

就在这时候，两个陌生人出现了。其中一个走到树荫下。是个穆拉托人，皮肤几乎是白色的。闲谈声在恐惧的重压下消退。穆拉托人走向理发师，命令他出示证件。

“证件？为啥？我，菲日普·贝鲁贝鲁，是可疑分子吗？”

一位客人走到菲日普身边，劝说道：

“菲日普，你最好照他说的做。他是个秘密警察[1]。”

理发师弯腰从小木箱里取出几个证件：

“这是我所有的塑料卡片。”

男人又仔细检查了他的钱包，然后揉成一团扔到地上。

“理发师，钱包里少了一样东西。”

“少了一样？怎么可能？所有的证件我都交了呀。”

“那个老外的照片在哪儿？”

“老外？”

“没错，就是你在这儿接待过的那个人。”

菲日普先是很困惑，然后笑了。他明白了误会所在，准备解释：

“可是，警官先生，老外的故事是我编的，玩笑而已……”

穆拉托人一把推开他，命令他闭嘴：

“玩笑？我们会看着办的。我们很清楚，这里有来自坦桑尼亚、赞比亚和其他地方的颠覆分子。叛乱者！你肯定收留过其中一人。”

---

① 指“国家防卫与国际警察”（PIDE），是葡萄牙“新国家”时期（1933—1974）政府情报部门的秘密警察。负责在葡萄牙本土和海外殖民地对地下政治组织进行调查、监视和渗透，这些地下组织包括葡萄牙共产党以及安哥拉和莫桑比克独立运动的相关党派。

“收留？这怎么说？我没收留过任何人啊，我不掺和政治。”

穆拉托警察仿佛没有听见，四处巡视，然后在写着价目的牌子前停下，一字一句地沉声说道：

“没收留？那你解释一下这行字：‘头部按摩+留宿[①]：+5块。’说说看，‘留宿’是什么意思……”

“那只是因为有些客人会在椅子上睡着啊。”

警察越来越生气。

“把照片给我。”

理发师从口袋里摸出明信片。警察打断他，猛地夺过来，力道之大，直接把明信片撕成了两半。

“这家伙也在椅子上睡着了，是吗？”

“这个人从没来过，我发誓。向基督起誓，警官先生。那只是电影明星的照片而已。您从来没看过吗，那种美国电影？”

“美国？看得出来。肯定是那人的同伙，那个蒙德拉纳[②]，他就是从美国来的。所以这个家伙也是那儿的？”

“可是这个人没从任何地方来。都是我编的，为了宣传……”

“宣传？那你一定是组织里负责搞宣传的人……”

穆拉托警察揪住理发师的工作服，粗暴地摇晃他，扣子都掉了下来。维维托试图抓住他们，却被警察一脚踹开。

“滚回去，狗娘养的。我要逮捕你们所有人。”

---

① 原文为dormida，在葡语中既指“睡着”，也可以表示“留宿”。

② 爱德华多·蒙德拉纳（Eduardo Mondlane，1920—1969）：莫桑比克独立运动领袖，“莫解阵”第一任主席。

穆拉托人喊来另一个警察，在他耳边说了几句，后者就抄小路走了。几分钟后，那人带着老雅伊芒回来了。

“我们已经审问过这个老头儿。他证实你接待了照片里的美国人。”

菲日普脸上挂着虚弱的笑容，几乎没有力气再做解释。

“瞧见没，警官先生？又是一个误会。是我给雅伊芒钱，让他假装证人替我圆谎的。雅伊芒跟我有约在先。”

“嗯，你们有约在先。”

“雅伊芒，你说，是不是咱们约好的？”

可怜的老头儿根本没搞清楚状况，披着他的破大衣转过身说：

“系的。我真的宽见了那个男人。他当斯就坐在介张椅子上。”

警察用力推开老人，把他的胳膊同理发师的绑到一起，然后环顾四周，目光凶狠，像一只精瘦的秃鹫。他面前有一小撮人群，沉默地看着这一切。穆拉托人踢倒椅子，砸碎镜子，还撕了海报。这时，维维托大吼着冲了过去。这个残疾小伙儿抓住警察的胳膊，但是很快就失去平衡，跪倒在地上。

“这小子是谁？说的什么语言？他也是老外吗？”

“这孩子是我的助手。”

“助手？那也得抓进去。行了，咱们走吧！你，老头儿，还有这只跳舞的猴子，都到我前面去。”

“可是维维托……”

“闭嘴！理发师。谈话结束了。等到了监狱，你会发现，那儿有一个专门的理发师给你和你的小伙伴们理发。”

于是，在整个集市震惊的注视下，菲日普·贝鲁贝鲁穿着他洁白的工作服，左口袋里揣着剪刀和梳子，踏上了马基尼诺沙地上最后的道路。身后，是老雅伊芒，披着他古老的尊严。紧跟着的，是脚步醉醺醺的维维托。仪仗队末尾，是两个警察，为自己的狩猎成果洋洋得意。这一刻，讨价还价的声音都消失了，整个集市向最深的忧伤臣服。

第二周，来了两名警卫[①]，撤走了理发店的招牌。但是，当他们巡视这个地方时，惊讶地发现：竟然没有人碰过任何东西。工具，毛巾，收音机，甚至零钱盒，全都原封不动地放在那里，等待着菲日普·贝鲁贝鲁——马基尼诺理发师中的大师——归来。

① 在葡萄牙殖民地，很多警卫是被葡萄牙警察或军队招募为附属成员的原住民。

帕拉兰[1]的旗杆

我们只想要一个新世界：

一切都是新的，没有什么来自旧世界。

雨是狱卒，囚禁着人。康斯坦特·贝内和他所有的孩子都是雨的囚徒，被关押在茅屋里。他们从未见过如此汹涌的雨势：风景淌了十七天的水。雨水刚学会游泳，就出来折磨土地。硕大的雨珠包孕着天空，摩肩擦踵地落在锌皮屋顶上。只有树木还在山坡上坚持，从不互相干扰。

康斯坦特·贝内坐在老屋一角，丈量着时间的尺寸。从很久以前，他就是"西卡卡"塔瓦雷斯的庄园守卫。他住在橙树林，一个几乎逃离尘世的地方。那里的山顶上，土地表现良好，平整而肥沃。

---

① 原文为 Paralém，是米亚·科托将葡语中的一个常见词组 para além（向远方）缩合后造出的新词。同时，该词也可以是另一个常见词组 para além de（除……之外）简化后形成的新词。为避免削减多重含义，此处采用音译。

“这儿只有橙子才会口渴。”

是飞鸟的干渴，康斯坦特更愿意这么说。不过，他也会简化生活，向他的两个孩子——西基尼亚和若昂·本仁——传授无数种平静生活的方式。孩子们虽然受他照顾，依旧形同孤儿。他们得靠自己解决家务事。

西基尼亚身体发育得早，超过了她的年龄。胸脯已经开始抗议罩衫太紧。父亲艰难地看着她一天天长大。女孩儿越是与死去的妻子相似，康斯坦特回忆起来，悲伤就越发尖锐。

另一个孩子，若昂·本仁，总是很矮小，仿佛游离于时间之外。所有人都觉得他的名字很奇怪。“本仁”？起这名字纯属意外，并非康斯坦特有意为之。当时，他带着男孩儿去镇上登记户口。在办事处，他表示想让儿子加入文明社会：

“我想给这个孩子上户口。”

工作人员慢吞吞地问：

“带本人来了吗？”

“没有，先生。只带了我儿子。”

“我说的就是这个意思，你儿子‘本人’。”

康斯坦特以为必须给若昂再添一个名字，于是就这么定下了。男孩儿从母亲的死亡中诞生，随着时间流逝，被一只孤独的手牵引着，一步步走进世界，成了半个孤儿。

庄园守卫遥望着世界的山峰，它们是大地的肩膀，如同数个世纪般静止。然而，他想：世界如此宽广，比充盈的事物更加完满。

人总是自视甚高，以为几乎能触摸到天空。可是他所到之处，不过是借着地势才能抵达。人的身高欠了海拔的债。

为什么人们不能量力而行？为什么总要傲慢地追求胜利？康斯坦特·贝内害怕贪婪带来的惩罚。所以，他禁止孩子们窥探山的另一边。

“永远不许。绝对不行。”

可是禁令之下仍有传言。关于另一面山坡的故事流传甚广。那里似乎从未有殖民者踏足。谁知道呢，也许那片土地仍然保留着原始的色彩和往昔的芳香？也许那样的地方只是为了追求幸福而存在？

那个地方，贝内称之为“帕拉兰”。许多个疲惫的夜晚，来自那里的神秘呼唤在小屋四周徘徊。庄园守卫松开梦的缰绳，梦里发生的事情，他甚至无法向自己讲述。

有一次，天刚破晓，他鼓起勇气，向陡峭的斜坡走去。他爬上山崖，来到山顶。接着便感到内疚，因为他触犯了自己的禁令。他为自己开脱：

“只有今天，下不为例。”

然后，他向禁区的山坡望去。漫天浓雾，像软垫一般托起月光，又如弥散的光辉轻裹着一个女人赤裸的身躯。雾气如此深重，大地甚至可以免去雨水的职责。贝内在那里坐了一会儿，直到一只猫头鹰捎来警告。美景如烈火：渺不可见，近则焚身。于是他回到了茅屋。

现在，是下雨的第十七天，贝内终于感受到一丝午后的喘息。当树叶窥探到陌生人的信号时，天光已经疲于爬升。老贝内的烟斗突然停了下来，那一刻，时间游荡到了别处。

穆拉托人就是在那个时候出现的。他远远地从地平线之外走来，蒙着脸，周身毫无遮挡地行走在大雨之中，还背着一只书包。他经过茅屋，并没有发现贝内一家好奇的目光。若昂·本仁跑到路边偷看，发现穆拉托人爬上高地，消失在更高的岩石之间。

那个男人是谁？从哪儿来的？虽然都不说话，三人却在心中自问。他受过情伤，西基尼亚猜测。是个猎豹人，若昂暗想。

“此人不值得信任。”父亲断定。

孩子们为入侵者辩护，声称他是无辜的。他们需要一个人从天而降，出现在这个毫无热度的世界。但是贝内坚持道：

“他是个逃亡者。否则，他一定会留下来，接受我们的照顾。”

父亲又威胁说：他有义务搞清楚这个人的来历。毕竟，这是他的工作。孩子们请求他，说那个混血儿不应该刚出现就遭到怀疑。

“所以我才这么不信任他。他是个穆拉托人。你们不了解这种人的古怪之处。”

“可是他已经走了，甚至都没有踏进田地。”

父亲认为小若昂是对的。陌生人似乎是奔着高地去的，人在那里不会书写脚印。

“你说的有道理，孩子。但是他不能再靠近这里。”

天晴后，孩子们出去寻找陌生人。他们在山顶的岩石间四处查探，终于在最后一块高地的某个山洞口找到了他。两人观察着他的一举一动：穆拉托人已经找到住处。他似乎急切地渴望在这片土地安居，置身于绿意盎然的气息之中。他紧贴着地面生活，像动物一样爬行。一丛篝火，一块毯子，就能让他休息得很好。若昂和西基尼亚在远处窥探，始终没有勇气现身。

在家里，父亲反复谴责偷窥行为：

“别总是去那儿。我不是一直警告你们吗，火苗是吹出来的。”

但是内心深处，康斯坦特也喜欢听新鲜事儿。他会询问孩子看到了什么。两个孩子总是东一耙子西一扫帚地回答，描述得如同一幅破碎的画。然后父亲就坚持要他们别总是去找陌生人：说不定是个危险的疯子，尤其他还是个穆拉托人。康斯坦特解释道：混血儿既非“是”，也非“不是”，他们是“也许”。觉得合适，他们就是白人；有利可图，他们就是黑人。可是人怎么能忘记母亲的耻辱呢？西基尼亚为陌生人求情：也不是所有人都这样。有多少坏人，肯定就有多少好人。

“你们什么都不懂。不许去，我说了算。”

孩子们听话了一阵子。然而，女孩儿开始比过去更加频繁地上山，假装去拾柴。老父亲见她总是晚归，怀疑她在违抗命令。但他还是一言不发，等待着命运的降临。

一天晚上，油灯即将燃尽，西基尼亚突然走进屋子。父亲问：

“你去哪儿了？”

“去高地了，阿爹。我不能骗你。”

康斯坦特·贝内咀嚼着女儿的冒犯，思索该如何惩罚她。可是这孩子有着她母亲的身体，想到这里，他便缓和下来：

“西基尼亚，你知道吗？禁用蜂蜜的是蜜蜂自己。你明白我在说什么吗？”

女孩儿点点头。接着是一阵漫长的等待。贝内把火吹灭，向黑暗发出邀请。互不可见的时候，两人能更好地注视对方。父亲问道：

“他说什么了吗？”

“是的，说了。”

“混血儿终于开口了？怎么说的？”

西基尼亚一声不吭，好像什么都没听见。父亲在好奇的角落里等待。可是一个老人，理应得到尊重，不该迟迟得不到回答。

“孩子，没听见我问你话吗？”

“我想不起那个男人说什么了。”

父亲沉默了。他晃了一下椅子，好让自己站起来。然后他关上窗，再次询问道：

“你知道外面的世界还有其他地方吗？”

“看样子是有的。”

老人耸耸肩，并不相信。他在屋子里转了一圈，脚时不时绊到东西，弄出声响。女儿问他为什么不点灯。

“对我来说，已经到晚上了。”

西基尼亚调整了一下肩头的卡普拉纳，然后坐下，静默不动。他们睡着了。可是灵魂暴露在外，容易招来噩梦。

噩梦中，庄园守卫感到自己身处末日。他看见这样的景象：穆拉托人是一名“穆索加”[1]，身着游击队制服，在果树园里穿行。接着，令人惊恐的一幕出现了：那人一碰到橙子，它们就燃烧起来，变成了火球。橙子园仿佛一片遍地油灯的树林。火烧树叶的沙沙声中，传来一阵歌声：

伊利波，伊利波

贡多伊利波[2]

突然，塔瓦雷斯冒了出来，手持一把枪口上膛的老式步枪，怒不可遏。他在冲什么地方射击呢？地面，树林，山。然后，这个殖民者朝康斯坦特·贝内大吼：

“康斯坦特，你算哪门子守卫？趁橙子还没烧光，快去把它们摘下来！”

康斯坦特有些犹豫。可是枪杆子已经对准他的胸膛，逼他唯命是从。于是，一棵树接一棵树，他逐一采摘燃烧的橙子，直到手指也变成十条火舌。老人惊叫着醒来，手上的疼痛灼烧着他。女儿赶紧用水浇他的胳膊，一次又一次。他松了口气，坐到椅子上，准备点燃烟斗。

“别，阿爹。别再碰火了，我来点吧。”

---

① 穆索加（mussodjia）：游击队员。该词从英文“士兵”（Soldier）的发音变形而来。——作者注

② 这是一首讴歌民族解放斗争的歌曲。歌声响起即宣告游击队员到来。——作者注

“女儿啊，求你听我的话：再也不要上山，永远。”

西基尼亚答应了，但只是假意承诺。因为从那天起，她不断地晚归。父亲什么也没说，独自承受着预言的疼痛。

有一天，西基尼亚猝不及防地出现，站得笔直，双手交叉放在肚子上。

“阿爹，我怀孕了。”

康斯坦特·贝内觉得灵魂都要崩溃在脚上了。西基尼亚还是个如此年轻的女孩儿，怎么可以这么早就当母亲？天理何在啊，我的上帝！一个孤女要如何给一个没有父亲的孩子做母亲？当务之急是必须找到那个不知长相的父亲。

“是他吗？”

“我发誓，阿爹，不是他。”

“那是谁让你怀孕的？”

“我不能说。”

“听着，孩子：你最好说。到底是谁爬上你的身子？”

“阿爹，饶了我吧。”

女孩儿坐下来，哭得更厉害了。康斯坦特想揍她，逼她讲出真相。可越是看到西基尼亚的模样，对她母亲的记忆就越发清晰。他垂下手臂，被打败了。老人回到房间，点燃烟斗，透过窗户，抽吸着整个风景。

几个月的时间大步流星地迈过去了。西基尼亚的肚子像满月一样胀得滚圆。六月，她在附近几位老婆子的帮助下，生下一个孩子。康斯坦特当时不在，去田里巡逻了。当他回到茅屋，产婆们正在准备饭菜。起初，他闻到炊烟的味道，然后，是一个孩子的啼哭声。他笑了，想起那句老话：哪里有烟，哪里就有男人；哪里有婴儿哭，哪里就有女人。现在，箴言谚语都混到一起。他站在门口，心跳如雷。屋里有哭声！只可能是女儿生了！他想知道西基尼亚的情况，想冲进去。可是刚傲的性子阻止他成为一个外祖父。

“这娃儿生得真是惊天动地。”他压着嗓子坦言。

康斯坦特走进屋子，观察着声响和阴影。女人们有些紧张，集体陷入沉默。西基尼亚抱着小生命，僵住了身子，比其他人更加不安。

父亲走到稍远的角落收拾自己。若昂·本仁第一个开口说话：

“阿爹，您看到了吗？生了个胖小子！”

西基尼亚的眼睛期待着父亲的回答。她动了动，好像在后悔展示孩子，但她又立即调整了过来。其他人陆续离开。现在的茅屋装不下几个人了。

大把的时间一天天过去，康斯坦特依旧没有接受成为外祖父的事实。西基尼亚经常挨着父亲不肯走，热切地渴望得到他的祝福。她会小声哼唱摇篮曲，那都是从父亲那儿学来的。她唱歌，更多是为了哄父亲，而不是哄孩子。但是康斯坦特·贝内总是回避，在女儿的注视下装糊涂。

一天晚上，大家都睡了。一小团颤动的光穿过房间，缓缓来到西基尼亚床边，然后停在那里，像灯塔一样闪烁着。西卡[1]被光亮触

① 西基尼亚的昵称。

碰，清醒过来，看到父亲拿着一支蜡烛站在那儿。康斯坦特解释道：

“你的娃儿哭了。我来瞧瞧。”

西基尼亚笑了：骗人。孩子若真的哭了，她肯定会第一个听见。后来，若昂证实说：老头子每天晚上都会穿过漆黑的屋子，暗中守着摇篮。西卡喜不自禁。她抱住小小的儿子，沉浸在无比柔软的幸福之中。

第二天，日头升得老高，康斯坦特正在吃早饭。他嚼着昨晚的剩菜，舌头在牙齿间发出各种声响。

“西卡，听着：你不觉得这娃儿太白了吗？”

“婴儿都是这样的，阿爹。之后才会变黑。您还记得若昂小时候吗？”

“那是一开始，种族还没来得及赶到现场。可是这个娃儿，都过去这么多天了，肤色也该定下来了。”

西基尼亚耸耸肩，表示不得而知。她给一颗红薯去了皮，然后吹了吹滚烫的手指。现在，她的儿子也是老人的孙子了。从今往后，她再也不用独自守护孩子的生命。

就这样，小屋里开始洋溢着一种全新的感觉。连贝内都显得更加年轻了。他会一边转圈一边哼歌，像织布工一样编织小曲儿。西基尼亚用美味的饭菜嘉奖父亲，香味缭绕的时间比往常更久。小若昂则一头扎进童年的幻想，追着虫子满地跑。

康斯坦特尊重儿子的童真，对他没什么要求。以前，若昂总是跟塔瓦雷斯老板的儿子一起玩儿。笑声环绕下，两个孩子并不了解种族间的界限。贝内看到小本仁享受着借来的关爱，觉得很高兴。

“至少，他在那儿吃得不错。”

然而，自从穆拉托人来到这里，若昂就跑偏了，总想去高地上玩儿。

有一次，若昂迟迟不回，贝内很担心，便离开家，前往儿子探险的荒山野岭。在井边，他呼唤若昂。从灌木丛里走出来的，却是樵夫的妻子劳拉。她头上顶着一桶水，仿佛感觉不到重量。随着肩膀的晃动，小水滴落下来，打湿了背、手臂、胸脯。

“康斯坦特，你是个守卫，应该照看好你自己的日子呀。”

“怎么了，就因为我是个鳏夫？”

贝内以为劳拉想帮他摆脱鳏居生活。他目不转睛地盯着女人，臆想那件卡普拉纳底下的身体。他想说点儿甜言蜜语，谁知劳拉转移了话题：

“你不知道所有人都在议论你女儿，说她是怎么怀孕的吗？”

她复述那些流言：有人看见女孩儿了；没人知道目击者是谁；就在高地上。接着，是难以启齿的部分：一个男人强奸了她，在她身上翻滚。康斯坦特咬牙咒骂起来，声音陡然冷却：

“那男的是黑人吗？”

“不，据说不是。”

“我知道那王八蛋是谁了。不，我一直知道。”

他没有道别，转头就往回走。到家后他没有进屋，而是从后院的一个箱子里取出一把弯刀。他用手指抚摸着刀，心中闪过刀刃般锋利的杀意。

康斯坦特不慌不忙地上山，在山顶寻找穆拉托人。找到时，那人正趴在火堆上，试图重新点火。康斯坦特没有掩饰来意，刀就挂在腰间，一目了然。

“我是来杀你的。”

入侵者面无惧色，只有双眼像潜伏的野兽，寻找着出路。他嗓子发干：

“是你老板派你来的吗？”

康斯坦特没听懂这个问题。但毫无疑问，对方想分散他的注意力。他迟疑着，思绪缓慢，摇摆不定。他不以复仇为业，因此向仇恨求助。他在内心祈祷：上帝啊，我根本不知道怎么杀人！求您了，只要一秒，给我的手注入坚定的信念吧。

“你为什么这么恨我？”

穆拉托人又一次转移他的注意力。康斯坦特打探道：

“告诉我：你是从帕拉兰来的吗？”

“从哪儿？”

“那儿，山的另一边？”

“是的。”

“新国旗已经在那里升起来了吗？”

入侵者笑了，几乎带着一种后知后觉的同情。国旗？这就是你感兴趣的事儿？一块布和它的颜色？

“你这么说，是因为你是个穆拉托人。你们这种人没有国旗。”

对方不屑地笑了。康斯坦特心想，那笑声就是上帝的讯号。弯刀在空中寒光乍现，噌——噌——噌，刺入外乡人的身体。呻吟声像种子一样撒在地上。康斯坦特跌倒在他身上。两人紧紧抓住对方，如同绝望的藤蔓。他们踏着篝火，仿佛在跳舞。康斯坦特根本感觉不到自己的赤脚在燃烧。弯刀又是一击，入侵者蜷曲着倒在地上，像一只穿山甲。

庄园守卫蹲在受害者旁边，伸手探测死亡。他感到鲜血在熨平他的动作。黏湿的手指似乎在向他控诉。他坐到地上，疲惫不堪。这无比深重的倦意究竟从何而来？杀戮吗？不。强烈的沮丧来自这双长时间被篝火灼烧的脚。直到此刻，他才感觉到伤口。

康斯坦特试图站起来，但办不到。双脚几乎不能碰触地面。他凝视着远处山谷中的点点微光。那是一段遥不可及的距离，一条无法抵达的归路。

他拖着身子爬到穆拉托人的书包旁，翻出一只水壶喝水。接着，他清空书包：纸张在火光中散落一地。他捡起零散的几页，一点一点，缓慢地辨认字迹。那里写着许多美丽的梦想，还有对一段幸福时光的期许。学校，医院，房子——一切，无所不包，人人有份。康斯坦特胸口急促地起伏，仿佛正经历一场骚乱。他又抖了抖书包。那东西一定在，就算揉成一团塞在哪个角落，也一定在书包里。

就在那一刻，国旗像一朵银色的浪花，从包里飘落。它看起来如此浩瀚，比宇宙还要宽广。康斯坦特深受震撼，他从没想过有一天能见到这样的景象。

然而，他也想起早先的苦难：政府大楼的旗杆。那里，他的记忆跪倒在土著警卫的伤薄骨下。“走路别扬灰，废物，不要弄脏国旗。”而他，脚掌贴地，抱着两个孩子，不敢抬腿迈步。老板塔瓦雷斯在一旁散步，假装注意别的事情。一个人可以这样泯灭灵魂吗？

而现在，这面新国旗似乎不受任何尘埃污染，仿佛是大地自身所制。布料上斑驳的色彩让梦成为旗帜上漫山遍野的居民。

康斯坦特是被儿子本仁的手推醒的。他环顾四周，寻找穆拉托人的尸体，却发现什么都没有。

“你把他埋了，若昂？”

“没有，阿爹，他逃走啦。”

“逃？不可能。我已经杀了他啊！”

“阿爹，他只是受伤了。”

康斯坦特满腹疑惑地摇着头。他明明确保那个人死透了。难道是巫术作祟？

“他肯定还活着。我亲自送他下山的。”

庄园守卫暴怒之下揍了男孩儿一顿。他怎么能这样？帮助一个混蛋？那人玷污了西基尼亚、他和整个家族的尊严啊。

“不是他，阿爹。”

“是吗？那到底是谁让你姐姐怀孕的？”

“是老板，那个白人。”

康斯坦特根本不允许自己去听这句话。穆拉托人给孩子们洗脑，把自己变成了他们唯一的信仰。

“这狗娘养的混血儿是个秘密警察。我在山洞里找到一个‘穆索加’的书包。你是不是以为那是他的？他是个警察，一个强奸你姐姐、偷走游击队员书包的秘密警察。”

“是老板干的。”

“听着，若昂，别再说了。”

“真的，阿爹，我看见了。”

“你发誓？”

男孩儿含着坚定的泪水，确信自己说出了事实。康斯坦特几乎喘不上气来。他无法容纳这个真相的尺寸。脚更疼了，血带着浓重的睡意糊在伤口上。苍蝇嗡嗡作响，夺取神圣液体的威望。康斯坦特用手指捏碎一块沙土。大地向他臣服，碎成一把面粉。慢慢地，指间的顺从给他带来平静的呼吸：他已做出决定。

“别哭了，孩子。看我从书包里翻出了什么。”

他展开那面旗帜。若昂眨着眼睛，似懂非懂。一面旗子，老头子只是为了这个才如此激动不安？

“把旗子卷好，千万小心，放到包里。背上这个包，咱们走。帮帮你老爹。”

若昂伸出肩膀。老人像孩子玩耍一般，在男孩儿背上骑马。他还打趣儿说：

“咱们换身份了：我是儿，你是爹。”

两人都笑了。老人斜眼看着他。男孩儿力气之大，让他十分惊讶：儿子甚至没有停下来喘口气，恢复体力。

“行了，儿子：你做得够多了。松一下身子，我要下来。”

他们走到家附近，坐在一棵大芒果树的树荫下。

若昂打开话匣子，宣告未来的景象。

“这次谈话很危险，孩子。”

但是小若昂并不害怕，继续转述穆拉托人的教导：这片土地只适合它应有的儿女，它已经厌倦流血，不想再为外国人奉献财富。

“那个塔瓦雷斯……”

“别提他。”

“阿爹，您不能永远当个守卫，看护这片土地，却假装它不是殖民者从我们手里抢走的。”

此时父亲已经爬上愤怒的火山。男孩儿应该闭嘴，那番激昂之辞不过是别人的嘴在说话。老人要求继续赶路。若昂想搀他起来，却被拒绝了。

“不要你帮。不然你会愈发觉得自己聪明。”

康斯坦特一瘸一拐地在小路上走着。现在，他拄着一根木棍，喋喋不休地低声抱怨：至少，木棍没有思想，也不犯自以为是的毛病，只是带着我，仅此而已。哎，人呐……我更喜欢物件儿，对它们我就气不起来。

在小溪边歇凉片刻之后，康斯坦特转变语气：

“听着，若昂。我一直有一个疑问：现在我是殖民者的仆人，那以后呢？”

“以后您就自由了，阿爹。”

“胡扯淡，儿子。以后，我们还会变成‘穆索加’的仆人。你不了解生活，我的孩子。那帮人用惯了子弹，等到战争结束，他们就做不了其他事儿了。动不动就开枪，这就是他们谋生的手段。”

男孩儿垂下眼睛，并不认同。倘若真是父亲说的这样，那他为什么如此期待新国旗？为什么总是梦想着山的另一边，那个名叫“帕拉兰”的地方？

“那只是我喜欢的一个梦。”

若昂没有与他争论。但是他青春的心反对如此明亮的太阳受到诅咒、迅速沉落。

“别骗自己了，儿子，明天还是同样的一天。”

两人走到茅屋前，发现有人大喊大叫。仔细一听，是塔瓦雷斯在屋里怒吼。康斯坦特忘记了跛脚，走进屋子。老板一时没勒住脾气的缰绳，略显尴尬，但很快调整过来，挺起肩膀，紧皱的脸也松弛下来：

“你脚怎么了？爪子上全是血。”

老守卫没有回答。他拖着步子，走到老板面前，这才发现自己更高：“西卡卡”似乎没有脚后跟。老人缓缓点燃烟斗。塔瓦雷斯被烟冲了个正着。

“不想说这是怎么弄的？那就我来说：黑鬼的奸计。但是你要搞清楚：你一天也别想休息。我要你今天就到庄园里巡逻。”

贝内不为所动，好像没有听见。老板凑到跟前，一副有秘密相告的样子：有一只大型猎物在附近流窜，一个“土拉”[1]。行政长

① “土拉”（turra）：殖民战争期间，葡萄牙军队给非洲独立运动斗士起的外号。

官警告所有庄园主小心一个穆拉托人，他是个行踪古怪的逃犯。

“给我睁大眼睛，贝内。‘风古拉马索’[1]……”

“别这么说话……老板。”

“什么？！怎么不行？‘阁下’请讲。”

“这根本不是你的语言。”

塔瓦雷斯轻蔑地笑了。他准备离开。但在关门之前，他又转向西基尼亚：

“那件事就这么定了，听见了吗？”

然后他就走了。没有人说一句话，为空间增添色彩。康斯坦特无声地询问窗户，接收风景静默的口信。烟斗仿佛在抽吸着他。沉寂许久后，庄园守卫叫来儿子：

“你知道穆拉托人在哪儿。告诉他，我需要他来一趟。”

可是现在很晚了，西基尼亚打了个寒战。康斯坦特抚摸着女儿的头发，注意到她很焦虑。

“你跟若昂一起走。你们给穆拉托人捎完口信，就上山去，在石堆里等我。”

“我们要去帕拉兰吗？”

西基尼亚兴奋地睁大眼睛。父亲笑着安慰道：

“是的，陪你弟弟去吧。给我孙子盖好这条毛毯。你们到那儿等我。现在我必须走了。”

孩子们很听话，还准备了一只篮子，里面是临时的口粮。

① “风古拉马索”（fungula masso）：“睁开眼睛”，本土方言。

“还有你，若昂：把穆拉托人的书包留下。”

若昂和西基尼亚离开家，沿着小路飞奔，穿过草丛。他们避开了浓雾。传说浓雾会使双腿衰颓。一只猫头鹰嘶哑地鸣叫，控诉前路晦浊。黑暗中，世界失去了棱角。西基尼亚牵着弟弟的手跟着他走。那一刻，小本仁在她眼里长大了好几岁。他已经完成父亲的嘱托，把口信带给穆拉托人。

两人来到岩石堆坐下。西基尼亚流露出为人母的谨慎，紧紧抱住婴儿。她说：

“你们都不喜欢塔瓦雷斯。其实，他内心是个好人。”

本仁无法理解。那个“西卡卡”玷污她、强奸她。除了复仇的铁链，他还配得到什么？

“闭嘴，若昂。你根本不知道发生了什么。”

西基尼亚站起来，身影在月光中显现。在弟弟眼中，她就像一朵逆光的云。西基尼亚沉声说道：

“塔瓦雷斯不该受到惩罚。是我招惹了他。”

若昂不肯再听下去。她想解释，他不让。大山在两人的高声争吵中睡眼惺忪地醒来。西基尼亚的怒火不断高涨：

“我想给孩子一个父亲，一个能救我们脱离穷苦的人。”

就在这时，他们听见一阵可怕的爆炸声。两人向山谷望去，那里仿佛有一片悬浮的火海，烈焰冲天，甚至不需要点燃大地。过了一会儿，他们才明白：是整个橙树园在燃烧。

越过通红的地平线，姐弟俩看见市政大楼的旗杆上，一面旗帆冉冉升起。旗布脱离原本的形状，变成火焰田园中盛开的花朵。两人以为那只是烟雾的幻景，于是揉了揉眼睛。可是旗帜依旧坚定不移，如同星辰的奇迹，昭示着太阳的命运：永远耀眼，无需直视。

被赐福的梦中故事

这些故事写于内战后。数不清的岁月里，炮火在莫桑比克的土地上倾泻哀痛。这些文字正是在悲伤与希望的两岸之间向我涌现。我以为，战争之后，只剩下灰烬和溃败，人们会失去灵魂。一切都变得沉重，结局已定，无可修复。

如今，我明白这不是真的。有人留存之处也会有种子幸存，而种子是梦，能让时间受孕。这个梦隐匿在我们内心最难以抵达的地方，那里，暴力无法出击，野蛮无路可走。从始至终，大地完整地保存自己的声音。当死寂凌驾于这些声音之上，它们便迁居到另一个世界。黑暗之中，它们化为月光，长久存续。

本书的故事讲述这片土地，我们在这里一点点重塑自身；雨是被赐福的梦中水，我们用希望湿润雨水的面庞。在这个国度，所有人都是一样的：假装自己在场，梦想着离开，创造回归。

时间之水

那些天，外公总是盘腿坐在他的独木舟上，带我去河的下游。他划得很慢，只让船桨轻轻蹭过水流。小船摇晃着脑袋，忽左，忽右，看起来比一根被人收走的树干更加孤单。

“您要去哪儿呀？”

母亲担忧地问。老爷子笑了。嘴里的牙仿佛某种含混不清的东西。外公属于这样一类人：知而不言，言之无物。

“我们很快就回来。”他答道。

我也不知道他在追捕什么。肯定不是鱼。因为渔网还留在原地，为屁股提供柔软的坐垫。可以肯定的是，某个时刻，天昏暗下来，他抓住我的手，将我拉到河岸。他握紧我的样子就像一个失去拐杖的盲人。然而，他才是我的向导，先我一步走在前面。我惊叹于他瘦劲的身形，每一条曲线上都有肌肉。外公有着炽热的童真，总是为生活中的新鲜事物着迷。

我们登上小船，双脚好像在敲击一面乐鼓的肚子。独木舟颠簸着，恹恹欲睡。出发前，外公在船的一头俯下身子，双手合拢，掬起一小捧水。我也有样学样。

“一定要顺着水流的方向，永远不要忘记！”

这是外公的忠告。逆流取水会招来厄运。我们不能与流动的神灵鬼怪作对。

之后，我们前往小河汇入的大湖，那是禁忌生物居住的地方。实际上，一切出现在那里的事物，都只是虚构自己存在。因为水与陆地的边界已经消失。在不安的宁静中，枯萎的睡莲覆盖着水面，我们是湖上唯一的统治者。外公沉默地观察着远处的湖岸。周围的一切都沉浸在浓雾之中，大雾是用日光自身做成的影子，好像那里的早晨永远也睡不醒。我们就这样，如同祈祷一般默不作声，如此安静，仿佛完美无缺。

突然，外公站起身。小船猛地一晃，差点儿把我们甩出去。老爷子十分激动，挥手示意着。他脱下红色布衣，果断挥舞起来。他在向谁示意？也许没有人。至少，我从未在那里依稀看见任何幽灵来自这个世界或别的世界，一刻都不曾有过。但是外公依然挥舞着那件布衣。

“看见了吗？湖岸上？大雾背后？”

我什么都没看见。可是外公还在坚持，他解开情绪的纽扣，激动地说：

“不是那儿，是很远的那——儿。没看见白色的布衣在跳舞吗？”

对我来说，眼前只有漫天迷雾和可怕的远方，地平线在那里消失。不久，外公口中的幻影消失了，他无精打采地缩回静默之壳。于是我们动身回家了，一路无话。

在家里，母亲语气酸刻地“迎接”我们。她严禁我接下来几天做这做那，还不让我们再去大湖，怕住在那里的鬼怪威胁我们。她先是对外公发了一通脾气，老爷子说自己不是故意的，她也不信。不过后来，我们毕竟已经回家，她气也顺了，便开起玩笑来：

“你们至少也得看到南维书·莫哈呀！这样咱们还能沾点儿好运……”

南维书·莫哈是一个鬼魂，总在夜间出没，浑身上下只剩一半：一只眼睛，一条腿，一条胳膊。那时我们都是孩子，喜欢冒险，经常出门寻找莫哈。可是我们从没见过这只怪物。外公嫌弃我们，说他年轻时早就跟这个只有一半的“张三”打过照面了。都是他编的，母亲提醒道。然而，我们这些小屁孩儿压根没想过要质疑他。

有一回，我和外公在禁湖上等待传说中的布衣“如常”出现。我们靠岸的地方，芦苇密密苍苍，绿意盎然，如长笛般细长。据说，第一个人类就是从其中一根芦苇中诞生的。第一个？在我眼里，没有比外公更古早的人了。说来也巧，这一次，我有了探访沼泽的兴致。我想上岸，将双脚踏进松软的土地。

“永远别这样做！永远！”

外公用最严厉的语气说道。我从未在他脸上见过这样凶悍的神情。我替自己辩解：我正要下船，只要一小会儿就好。可是他怒斥道：

“这个地方没有什么‘一小会儿’。所有的时间，从此刻开始，都是永恒。”

我一只脚已经半踏出船，探寻岸边泥泞的底部。我试图平衡身体，找到能够落脚的地面。这时我才发现，没有什么底部，我的腿陷入沼泽，正在被深渊吞没。外公扑过来救我，想把我拉回来。可是那股吸走我的力量远比我们的力气大。随着一阵骚乱，小船翻了，我们背朝下跌进水里。就这样，我们紧紧抓着船舷，在湖水里拼命挣扎。突然，外公从船上扯下他的布衣，开始在头顶上方挥舞。

“你也要打招呼，快！”

我朝岸边望去，那里空无一人。但我听外公的话，挥手示意，尽管毫无信心。这时，令人震惊的一幕发生了：一瞬间，我们不再被拖向地底。把我们拽入深渊的漩涡在突如其来的宁静中瓦解。我们回到船上，大松一口气，然后默默分工，返航回家。靠岸后，外公一边系缆绳，一边要求我：

“不要出去说刚才发生的事情。对任何人都不许说，听见了吗？”

那天晚上，他向我解释隐瞒的原因。我竖起耳朵，试图破解他沙哑的声音。我并没有完全听懂。他大概是这么说的：我们有一双向内部睁开的眼睛，用来观望梦境。可是，我的孩子，事实是几乎所有人都失明了，再也看不见其他造访我们的人。其他人？是的，他们从对岸向我们挥手。所以，我们深深地伤了他们的心。我要把你带到沼泽地，教你学会如何看见他们。我不能成为最后一个被白布衣探访的人。

“懂了吗？”

我谎称听懂了。第二天下午，外公又带我去禁湖。我们抵达时已近黄昏。他小心观察四周的情况。可是等待的时间出奇漫长。外公很不安，站在船头，用手掌遮住眼睛上方，好让视线更加清晰。

对岸半个人影都没有。这一次，除了沼泽地雾茫茫的孤寂，外公再也没看到别的。忽然，他打破了虚无：

“你留在这儿！”

然后他跳上岸，惊吓差点夺走我的心跳。外公踏入了禁地？是的，他无视我的震惊，迈着熟练的步子往前走去。船上只剩我一人的重量，小船左右摇晃，仿佛失去了平衡技巧。我眼看着外公逐渐远离，他小心得像一朵云，直到走进迷雾，在幻影的湖岸上向梦境偏移。我充满惊惧地待在原地，打了个寒战，瑟瑟发抖。我到现在还记得，一只雪白的鹭鸟飞越天空，像一支箭穿透傍晚的侧舷，令整片苍穹喋血。就在那时，我发现了湖岸上，世界的另一边，那件白色的布衣。这是我第一次和外公一样看到白衣。当我还在怀疑自己时，幻影旁边又慢慢浮现出外公那件飘动的红衣。我犹豫不决，慌乱得有如喧嚣的人群。然后，我缓缓脱下衬衣，在空中挥舞。于是我看见了：外公的红布衣逐渐褪去色彩，变成白色。我的双眼被大雾笼罩，直到视野如夕阳般沉落。

划船晚归的时候，我想起外公说过的话：水和时间是一对双胞胎，诞生于同一个子宫。而我刚刚发现，我内心有一条永不消亡的河流。现在，我将带着我的儿子重返这条河，教他看见彼岸的白色布衣。

在分娩的草席上

一对夫妇在双重的黑暗中相互靠近，随后向半影地带请求通行。女人弓着身子，比山洞还要弯曲。她怀孕了，即将临盆。等到两人来到光亮处，人们才认出那是村民最熟悉的邻居“小钻石”迪亚曼帝纽，和他圆滚滚的妻子“大玫瑰”图迪尼亚·罗莎。可怜的女人在疼痛中蜷曲着身体，脸都变形了，像狗对着月亮嚎叫一样痛苦地哀号，意识在晕眩中一片模糊。然而，“小钻石”对他老婆就像个陌生人似的。

夫妇俩来到善良的邻居阿纳尼亚斯和玛丽亚·卡斯卡蒂尼亚家。两位女士要待在露台，那里已经铺好草席，迎接产妇和即将出世的孩子。玛丽亚像小姑娘一样羞涩地微笑，那是她最私密的一张草席，可不是什么简单的坐垫。她所有的孩子都是在这张草席上，在热恋和呻吟声中怀到她肚子里的。

迪亚曼帝纽走进屋子，给自己找了个地儿休息，那样子更像是来安家，而不是来做客。他坐下来，要了一杯饮料，舒舒服服地开始享用。主人阿纳尼亚斯提醒他关心一下自己的老婆：你不去帮帮她吗？你老婆疼得直不起腰了。迪亚曼帝纽只是笑了笑，继续品尝自己和别人生活中的惬意。阿纳尼亚斯坚持道：

“小钻石，你不去分担一下家人的痛苦吗？”

“你说得有理，阿纳尼亚斯，我只想着自己的大肚子。可事实上，也不值得去想，我老爹就是个大肚子，所以我也就这样了。”

至于老婆，迪亚曼帝纽只字不提。图迪尼亚·罗莎依旧在外面，身体平躺着摊开。不过，她拒绝使用草席。女人应该躺在土地上分娩，因为土地是所有妈妈的母亲。传统戒律要求如此。玛丽亚感激罗莎不要草席，她把草席收成卷儿，放在一个精心挑选的角落里。“大玫瑰”此刻坐在世界之上，可是大地的安抚并不能减轻她的痛苦。她持续忍受着疼痛：眼睛挤得一大一小，肠子好像绞成了三股绳。

房间里，丈夫还在享用主人提供的饮料，目光游移，操练着慵懒。他继续跟阿纳尼亚斯闲聊，话虽不多，却总是不知所云：

“我觉得自己生锈了，阿纳尼亚斯。并不是说我比你老，而是我生得早……”

阿纳尼亚斯对来访者的态度感到恼火，这家伙简直比穿山甲还要冷静、讨人厌。众所周知，分娩固然是女人自己的事儿，但是迪亚曼帝纽也太不上心了。更何况，外面的情况正在逐渐复杂。图迪尼亚·罗莎的眼睛疼成了斗鸡眼，嘴里颠三倒四，连祷告都串词儿了：“圣父玛丽亚”，“万福我们的”。阿纳尼亚斯很不安，建议采取措施：把产妇送到镇子上会不会更好？然而，那位准备当爹的候选人平静得如同平原上的河流，丝毫不担心老婆。他让阿纳尼亚斯坐下，安静点儿，然后把杯子递过去，要求添满。一切都做得毫不犹豫。

图迪尼亚·罗莎——“小钻石”毋庸置疑的妻子——正打开身体，发出针刺般极度痛苦的尖叫。几个年轻女孩儿围成一个圈，俯身照顾受难的新手妈妈。透过窗户，可以看到这一圈紧张忙碌的女人。她们甚至招呼阿纳尼亚斯过去搭把手。阿纳尼亚斯便向迪亚曼帝纽提议一起去帮忙，谁知“小钻石”立即反驳，说他还要喝完刚添上的酒，还说过一会儿他会去的，等到行动的时机和状态都合适的时候。可眼下，他还在给时间慢慢去皮，冷漠得像一棵猴面包树的树干。

阿纳尼亚斯终于打破传统，加入到这场漫长的分娩和紧张又疲惫的助产队伍中去。众人的疑惑开始四下蔓延。毕竟，所有人都知道：分娩没完没了，意味着妻子不忠。为了挽救局面，产妇必须承认自己有罪，说出孩子真正的父亲是谁。否则，宝宝就会被扣留在子宫内，没有月份，也没有星座。

于是，在惨叫、喘息和流淌的汗水中，图迪尼亚·罗莎承认与阿纳尼亚斯——在场的男主人——有过私情。玛丽亚·卡斯卡蒂尼亚顿时不知所措：她的老公居然是别人家新生儿的父亲？然而，她还是不动声色地继续接生。只有一双眼睛无法控制，涌出滔天的愤怒。玛丽亚一声不吭，帮突如其来的对手完成了“卸货”的任务。起初，图迪尼亚的忏悔只是简单的私语，出了那个露台没人听得见。然而，最后用力的时候，产妇终于将背叛宣之于众：

“是阿纳尼亚斯，就是他！”

屋子里全听见了。世界四分五裂，崩塌成一堆岩石。“小钻石”的脸色瞬间从黎明变成日落。

他顶着为人夫的脸走到露台上，一副要审判和斗殴的样子。简言之：震惊之余，他成了别人哄堂大笑的对象。从一个有名有姓的人，变成流言中的“张三”，继而沦落为典型绿帽男。“小钻石”从未经历过此等蜕变，一时怒不可遏，恨不得拿刀和火药杀人。只见他破口大骂，威胁道：阿纳尼亚斯必须亲吻他踩在地上的脚。接着，两个男人声势浩大地扭打成一团。

就在他们相互辱骂、用拳头互殴的时候，一个新生的小男孩儿移民到光明的世界。迪亚曼帝纽和阿纳迪亚斯压根儿没注意到孩子的出生。图迪尼亚和宝宝被小心地送到一间里屋休息。阿纳尼亚斯在下巴挨了无数记上勾拳之后，也撤退到同一间屋子。时间在那里度过了好几辈子。客厅里，“小钻石”一边发泄怒火，一边召唤巫术诅咒阿纳尼亚斯。然后，他弯下腰，沮丧得像一根没有果肉的香蕉皮。

这时，玛丽亚·卡斯卡蒂尼亚带着同样的悲伤，过来支持被背叛的迪亚曼帝纽。她把手臂搭在男人的肩膀上，表示会陪他回家。据说，玛丽亚·卡斯卡蒂尼亚再也没回来，甚至没有取走那张神圣的草席。

维利吉利奥的脚后跟

奥藤西娅身披哀愁与布衣。晨光在太阳爬到头顶时大亮。她跟随着丈夫的棺木。参加葬礼的只有她和几位姨婆。没有人哭泣，仿佛逝者并不是活人的亲戚。奥藤西娅在雨中走着，与周遭的人来车往格格不入。过去她总是很怕那些车子，它们总是拿出一副主人的派头，颁布道路的律法。而她连一家之主都不是。不过，此刻在送葬队伍中，她不再害怕，好像双脚已经与沥青互诉衷肠。

其实，在丈夫还活着的时候，她曾很多次出现在那条街上。夜复一夜，她要去那里解救从酒馆出来后迷路的菲利莫内。雾气笼罩的长夜里，她会在某个不知名的人行道上找到丈夫，帮他把双腿对准脚步。对菲利莫内来说，酒精有一个好处：他可以借此摆烂，做老婆的儿子，享受她丰满的柔情。其他时候，做丈夫的只留下“终日四处游荡”的记录。他待得最久的地方就是娘胎。那些年，他过日子全凭奥藤西娅心善，总是漠视她的恳求：

“醉了，我？奥藤西娅，你看，我还能用脚走路呢！”

酒精使他的血液发酵，废除他做父亲的资格，贬低他做丈夫的体面。面对老婆，菲利莫内只会卖弄他恶劣的待妻之道：

"他们抢走了我的一切，女人。现在我唯一的权力就是折腾你。"

她早就习惯了。接连几个清晨，奥藤西娅离家去寻找丈夫。她走遍人行道和路边的阴沟，每一个地方都有她弯腰捞人的身影，菲利莫内总是直挺挺地躺在那儿。

今后她再也不用承受这男人的重量了。这是她最后一次搬运他的身体。葬礼花光了她所有的钱。租汽车实在太贵。她把棺材放在一辆"戳瓦-西塔杜马"[①]上。棺材板儿并没有严丝合缝，片缕光线透进去，可以隐约看见躺着的遗体。棺材盖是东拼西凑做出来的。奥藤西娅把桌子、椅子和小木箱的废料凑到一起，用木头为丈夫打造漆黑的命运。社区木匠，"铁钉"维利吉利奥·普雷戈，没有收这口棺材的工钱。

"我是诚心帮忙。人都会死嘛，今天是我，明天就是你。"

再说，他还是逝者生前的酒搭子呢。可是他的活儿干得太不讲究了。木匠辩解说：

"死人家里不能太花工夫。会招来厄运的。"

此外，好木头是用来装扮生活的。他继续找借口，说自己害怕这种"人必有一死"的事儿。今天是你，明天就是咱们所有人。他口若悬河，说得鼻涕唾沫横飞。衬衣袖子赶来救援，清扫他的鼻子。

"这个世界很丑，是个残次品，只有透过啤酒才值得一看。你不觉得吗，小奥藤西尼娅？"

---

① "戳瓦-西塔杜马"（tchova-xitaduma）：人力四轮车，字面意思是"用力推它，就会上路"。——作者注

小奥藤西尼娅？什么意思？这男人先是用小名喊她，此后举止愈发下流。搞了半天，木匠是想用温存来收取工钱吗？奥藤西娅根本没有反抗，便向木匠的进攻臣服了，比装进棺材的菲利莫内还要软弱。她是一具空壳，愁苦夺走了她的理智。

“就是这样，奥藤西娅：过完今天，今天就死了。”

叫“维利吉利奥”也好，叫“铁钉”也罢，对她来说没什么区别。动物装死是为了生存，而她假装自己是动物。

不过，维利吉利奥并没有出现在葬礼上。奥藤西娅很想他来帮忙，她从未如此需要支持过。忍着吧。毕竟，木匠早就暗示过他可能不在。对于一个聪明人来说，只言片语都算透露得太多。

“也许我根本去不了。最近天冷，两只脚后跟都拴着我不让走路呢。”

葬礼上，寡妇没有哭，只是悲伤。眼泪适合那些仍然保有希望的人。姨婆们靠近坟墓。她们倒是哭了，可是哭不出浸润灵魂的液体。奥藤西娅把其他女人赶走，说她想回家收拾东西。什么东西？女人们互相询问。然后她们走了，为无法继续细品他人的不幸而感到失望。

有人说，也许她并不接受寡妇的身份。你们没见她一小滴哀悼的眼泪都没流吗？怎么能这样？菲利莫内死后，没人理解奥藤西娅。人们总是要求显而易见的悲伤，可以被一千张嘴讨论，在混乱和无序中被广泛传播。可是奥藤西娅的悲伤是如此私密而独特，令人害怕。因此，所有女人都疏远她。

只剩下木匠可以与她做伴。这个男人总是到得太晚，仿佛失去了时间的铅垂线。于是人们开始在社区里看到前所未见的一幕：奥藤西娅低垂着脑袋，喝得晕头转向，走在酒馆外面的小路上。这个寡妇会沿着人行道，一路大吐特吐。她为何要这样穷凶极恶地酗酒呢？谁知道？真相亦是谎言，说的语言跟思想不一样。奥藤西娅解释说：

“我在找我的菲利莫内。他一定在某个地方摔倒了。”

就这样，无论是菲利莫内生前还是死后，即使夜里休息的时候，这个女人也从不知晓酣睡的滋味。她睁着眼汇聚的无眠之夜是否比疲倦更多？没有人目睹。只有木匠打断了寡妇孤独的存在。两个人共同形成一种私密的、不可转让的醉酒状态。他们大笑着，享受不属于这个世界的快乐。时光匆匆，魅力永恒。

“如果有一天我滑倒了，睡死在阴沟里，你会来找我吗，维利吉利奥·普雷戈？”

“当然，奥藤西娅。今天是你，明天是我：这就是生活……”

直到有一天晚上，空气中的寒意提醒寡妇，菲利莫内的葬礼过去整整一年了。奥藤西娅已经不知道她酒醒的灵魂侧面和背面有何不同。死亡也是：究竟发生在真实生活的正面还是反面？她闭上眼睛，悲伤的洪水淹没她的身体。奥藤西娅尝试清点自己的人生，却发现无账可算。只有一个念头占据着她：必须给她遥远的丈夫再办一次葬礼。

奥藤西娅擦干脸，决定摸黑前往墓地。她没有给逝者带布衣、面粉之类的神圣祭品。篮子里装满了啤酒，几十瓶。她还路过密友“铁钉”家，问他是否愿意加入她一个人的送葬队伍。维利吉利奥连声说“好的”，让她先走，到大雾中开道，他随后就去，一定去，诸如此类：

“今天是我，明天就是所有人。”

奥藤西娅明白了：她只能自己面对孤独与荒路。她抵达墓地，坐在坟前，挨个儿打开啤酒瓶，边喝边倒。她的嘴唇和泥土中的死者一样苍白。

“喝吧，菲利莫内，现在我不用去找你了。”

然后，视线错乱的奥藤西娅又摸黑回家了。但谁也不知道，是何种不幸——迷雾或人性的残忍——导致寡妇跌进深深的阴沟。也许有人看到了她衣服的碎片散落在冰冷的沟底。但就算有人看见，也无人伸手救她免遭痛苦。对，他们倒是去通知了“铁钉”维利吉利奥。他应该去一趟，毕竟奥藤西娅是他的伴儿。可是木匠看了看外面阴冷的大雾，想起变天时，脚后跟的疼痛发作，会像锥子一样穿透他的脚，便说道：

“今天大家都去，明天就没人去啦。”

寒冷的阴沟里，奥藤西娅逐渐感到一股睡意，比夜晚更加深沉。这是怎么了？她问。我怎么躺在地上，是床不够大吗？她缩成一团，想整个人躺进夜的子宫。或者，谁知道呢，也许她要摆个舒服点儿的姿势，等待菲利莫内的臂膀前来找寻？

被赐福的梦中雨

我坐在窗前，望着这场下了三天的雨。我多么怀念细小零星的雨滴敲击出湿润的叮咚声呀。泥土冒着香气，烟雾缭绕，就像一个即将迎来爱抚的女人。多少年没有这样下雨了？干旱如此漫长，令我们的穷苦噤声。天空目睹大地不断死去，也在镜子中看见自己的死亡。人们不禁自问：我们还能重新开始吗？快乐是否还有存在的理由？

现在，下雨了，歌声悦耳，饱受祝福。土地这位贫瘠的原住民，将会逐渐获得斑斓的美。我注视着街道，好像坐在整个国家的窗边。屋外，地上的水坑积满雨水，老特里斯特雷扎[①]正在收拾房间。对特里斯特雷扎阿姨来说，雨不是气候现象，而是神明的口信。老太太露出灿烂的笑容，这一次，我一定会换上她坚持要求的那件西装。明明有这样拿得出手的行头，我却穿着短袖和蓝色休闲裤。特里斯特雷扎摇摇头，试图抖掉我的固执：有什么理由穿得这么不修边幅，不注重该有的仪表呢？她不理解。

她抚平床单被罩，同时聊起其他话题。老太太毫不怀疑：雨是

---

① 特里斯特雷扎（Tristereze）这个名字在葡语中也可以理解为“悲伤的祈祷”（triste reze）。

因为祭祖仪式的祈祷才落下的。在整个莫桑比克，战争即将结束。是的，现在雨可以重新下了。这么多年来，众神用干旱惩罚我们。那些深埋地下的死者，即使是资历最老的，都变得干燥枯萎。特里斯特雷扎刷着那件我永远不会穿的外套，笃定地说：

“我们的土地曾经血迹斑斑。如今，它变干净了，就像这件刚洗完的衣服一样。可是，别怪我问您，都到这时候了，您还不肯给这件西装一个机会吗？”

“特里斯特雷扎阿姨，您不觉得这场雨下得太多了吗？”

太多？老太太说，不，雨水并没有忘记如何落下。她向我解释：水知道沙子有多少颗粒，会为每一颗沙粒做一滴雨珠。正如母亲会把热情编织成毛衣，迎接离家的孩子。对特里斯特雷扎来说，大自然以简单的方式工作，就像她做家务保洁那样。这场大雨被上天派来得正是时候：流浪者回到家乡，会发现土地湿润，正是种子喜欢的样子。和平自有其政体，不因政客的意志而转移。

但是我内心深处仍在怀疑：我的阿姨，这场雨会不会下得太久太大？干热的灾难过后，会不会还有洪水的惩罚？

特里斯特雷扎看着泥泞的风景，向我展示她不同寻常的气象见解，而我的认知无法触及。人们可以通过一块布料的反面认出它，她经常这么说。上帝造出白人和黑人，是为了分别在他们的背上解读人类。她指着厚厚的云层坦言道：

“先生，那上面有鱼和蟹。是的，它们总是和雨水相伴。”

她接着说：这些小动物数量庞大，总会在暴风雨期间落到地上。

“您不信，先生？它们甚至掉进了我家呢！”

“好吧，”我假装相信，“是哪种鱼？”

不，这些鱼不能被命名。给它们起名需要神圣的词语，人类的声音无法表达。她再次透过窗户，将目光投向远方。外面还在下雨。天空要归还海洋，蓝色曾在那里悠缓地洄游。但是这一次，天空想侵略整片大地，将河流肩并肩地汇集。我又一次问道：难道不会有太多雨水不怀好意地倾泻下来？特里斯特雷扎的声音在单调的雨声中重复。她微笑着低语：先生，别怪我这张嘴，您就像一只寻找森林的动物。她还说：

“雨水正在洗净沙子。逝者会很满意的。现在，您最好穿上这件西装，以示尊重，也好给国家的节日应个景儿……”

特里斯特雷扎还在用询问的目光看着我。然后，她忍住不再说话，将外套挂起来。那件衣服似乎在叹息，我的执拗也被悬挂在一个衣架上。我注视着街道，忧伤而潮湿的水纹顺着窗玻璃滑落。为什么我要如此执着地寻求逃离？为什么老阿姨能够坦然接受留在家里，穿戴得体？或许是因为她对这个世界更有归属感。特里斯特雷扎不像我那样被出走所吸引。她相信受苦的日子已经结束，我们的大地正在洗清过去。而我仍有困惑，需要注视街道。至于窗户：不就是房子梦想成为世界的地方吗？

老太太做完家务活儿，一边向我道别，一边踏着悠闲的步子，逐一关上房门。一缕忧伤潜入她的灵魂，而我正是罪魁祸首。我发现外面的植物已经开始萌芽。绿色会讲所有色彩的语言。老阿姨再次道别，正要出门的时候，我叫住她：

“特里斯特雷扎，把我的外套拿下来吧。”

她的脸被惊喜照亮。取下衣架的时候，雨渐渐停了。只有几滴残留的雨水落在我的外套上。特里斯特雷莎请求道：别抖衣服，小水滴会带来好运。于是我们挽着胳膊出门了。我们漫不经心地踩着路上的水洼，像两个孩子，从世界那里感受一件无穷的玩具所带来的喜悦。

“快乐”本托的烟斗

所有故事都想伪装成真相。可文字是一缕烟，过于轻飘，无法附着在当下的现实之上。每个真相都渴望成为故事。事实是正在逃离世界的香气，梦想着成为文字。人们会在本文中看到，真相只有在巫术的幻觉中才能与故事结合。我要在此讲述的事情，发生在一个宁静的地方，那里的星期天比工作日还要多。

那片土地才刚刚开始诞生，属于“新近的初始”。种子活得很惬意。丰润的风景中，绿意漫山遍野地铺展。生命与时间紧紧相连，树木不断向高处攀登。然而，有一天，战争登陆，带来所有形式的死亡。从此，一切都变了，生命也变得短暂易逝。

政府派来一群火急火燎的公职人员。远离大本营的时候，首都的代表办事情总是很迅疾。他们通知本地民众必须离开，从居民变为流离失所之人。都是出于安全考虑。他们按照混乱的名单，挨个儿喊人。轮到费利斯本托[1]了。老头儿听见官员喊人，满脸惊奇，好像一只吞蛇的蛙。他唯一的举动就是叹一口气，然后继续留在原

① 在葡语中，“费利斯”（feliz）是“快乐、幸福”的意思。

地，仿佛在给灵魂收拾包裹。其他人会收缩自己，变成一个包裹或一道人影，待在卡车后面。费利斯本托却纹丝不动。一个官员试图控制局面，命令老头儿赶紧上车，像其他人一样离开。

“没听见命令吗？现在，立刻执行！”

费利斯本托给沉默涂上第二层油漆，在一只脚上揉擦着另一只脚。他是在给赤脚抛光吗？或者，他意指大地，想说那是他存在的唯一居所？“快乐”本托总是能让疼痛闭嘴，是耐心，而不是年龄，给了他更多的底气。最终，他指向广阔的森林，说道：

“如果我要离开，就必须把那些树全部带走。”

政府官员再三忍耐，对他说，一周后，他们会回来把他运走，哪怕要使用蛮力也在所不惜。然后他们就走了。

第二天，老头儿决定拔树，顺着根部挖凿地洞。先从自家院子里的圣树开始。他挖得很深：一种纯粹的黑暗从他不断挖空的地方勃然释放。为了继续往深处挖，他还拿来一盏油灯，是从若内手里弄来的。时间流逝，费利斯本托夜以继日地扑在这项工程上。

妻子失望地指出，他的行为是多么不合适，还会打扰到别人。可是根本没必要质问费利斯本托。死人的衣服不会起皱，老头儿的固执也不会改变。妻子常常趴在窗边，像一只停摆的钟。黑夜里，她只能看见油灯的光在移动，仿佛没有任何手提着灯。

苦闷的妻子制定出一个计划。她要模仿旧时的女人，献出自己。那个年代的人不相信身体有任何局限。她把手探进蟑螂都不敢造访的衣柜深处，取出一件印花连衣裙和一双尖头皮鞋，在入夜后等待着，衣服和香味都很诱人。她想起“快乐”本托从前说过的老话：

“夜晚最适合亲热。”

那些在情场身经百战的人知道，黑夜是滚烫的，堪称床中之王。夜里，万物会改变自己的价值。白天只会暴露世界的缺陷：皱纹，尘土，折痕，在日光下一览无余。夜晚，人们看得更用力，看清的却更少。每一样事物只在自身散发的光芒中显现。而她，今夜，正散发着明月般的柔软光辉。

费利斯本托结束繁重的劳作回到家，瞥了一眼妻子，像搁浅的船一样呆住了，如同航行失去了流水。女人靠近他，触碰他的臂膀。她信心十足，是自身的主宰者：这是她不可抗拒的美丽。

“今晚和我在一起。别管那些树了，费利斯本托。”

老头儿还在晕眩中犹豫。妻子让丈夫包裹住自己，藤蔓般的指尖弹奏着他的肌肤。费利斯本托感觉自己就像鱼体内的水。究竟是怎么回事？灵魂还属于这个世界吗？就在这时，妻子的尖头皮鞋不小心踩到丈夫的赤脚，仿佛一根针戳进了气球。农夫果断后退。斧头重新回到手里，他也再次走进黑夜。

某一天，费利斯本托爬到地面上，吩咐妻子从箱子里取出西装，熨烫涤纶面料，全套准备妥当。那衣服已有三十年没在仪式上履行职责了。皮鞋也根本不合脚。他的脚早就因为赤足而变形。事实上，已经没有什么鞋子适合他了。

但费利斯本托还是穿上了旧鞋，半只脚露在外面。他趿拉着脚后跟，在地上拖行，免得双脚脱离步子。然后他走了，弯着腰，像一根芦苇，那是暮年时才能看到的童真。他一步步走入地底，只有一次回头。不是为了道别，而是为了翻找一件遗忘之物。烟斗！他摸遍衣服的内兜，掏出那支老烟斗，在颤抖的油灯光线下将它翻转过来。然后，他做了个沮丧的动作，将烟斗抛了出去，就像抛走他的整个人生。

烟斗远远地留在那儿，被人遗忘，半埋进沙土。大地仿佛在叼着它抽烟，一支无用的器具。费利斯本托钻进地洞，逐渐消失。

直到今天，女人还会在洞口俯身呼唤他。她没有大声喊叫，而是声音甜美，好似呼唤一个熟睡的人。她还穿着那件印花连衣裙，脚踩尖头皮鞋，喷着香水，绝望地试图激起费利斯本托的欲望。然后她回到屋子，身上的光也熄灭了。只有一双眼睛固执地睁圆，好像失眠的猫头鹰。是怎样的梦境邀请她存在呢？

后来，有人回到那片土地，据他们说，现在，那棵圣树下长出了一株葱郁蓬勃的植物，沿着隐形的支架不断攀缘。他们断言，这棵小树一定是从远处某支被遗忘的烟斗中发芽，然后在此扎根生长的。夕阳西下，当影子不再振奋，小树就会喷出烟雾，好似一顶烟囱。对于妻子来说，毫无疑问：莫桑比克的地底下，“快乐”本托还会在平和中抽着他的老烟斗，等待那个最终的、大写的“和平”。

旗帜的日落

晨曦微露。太阳指向五点。阴影裹着暗沉的雾气，即将从万物的沉睡中苏醒。树冠上，鸟儿的啼鸣正在开花结果。每一个清晨都在向我们证明：这个世界上，没有什么会突然发生。光明很早就开始冒尖儿，好像一只发亮的雌蜥蜴，慢慢啃咬着黑暗的果仁。生灵将要从空无之境的底部逐一显现。在这属于子宫的时刻，世界是暂时的。天空逐渐被蓝色渗透。四月：是的，一定是四月。现在，既然晨光已经照进这段文字，就让我们进入主题吧。

在这个如此新鲜的早晨，一个小朋友正向我们走来。他是谁，把世界变成了另一个男孩儿？我们暂且不管他叫什么，也忘记他从哪儿来。只有奶奶对他赞不绝口：因为他与“那边”的世界十分亲近。男孩儿时常递给她一把小刀，请求道：

“割我一下吧，奶奶！”

为了做梦，男孩儿必须流血。奶奶答应了他的请求。她习惯刀刀，就像其他母亲习惯梳子。鲜血冒了出来，世界亲眼看见未来，就像把它的耳朵贴在孕育时间的肚子上。但这都是奶奶说的，谁会相信呢？

可以肯定的是，男孩儿一上午都在走路。他的脚会探测石头，根本无需眼睛指路。路过政府大楼，那是村里唯一的楼房。他仰起脸，想看看国旗。旗布在空中飘舞，好似泛起波纹的光。一棵没有树冠的老椰树充当了旗杆。旗布如此破旧，以至于上面没有任何彩虹的颜色。男孩儿的眼睛迎着阳光，像萤火虫一样闪烁——就在这时，一记重击猛地向他袭来。他的头仿佛在颅外爆燃。士兵专横的声音从天而降：

“你没看见国旗吗？”

男孩儿倒在窄道上，身下是他之前避免踩到的石头。他望着高处，一棵棕榈树唤起他对海岸的回忆。哪里有棕榈树，哪里就应该造出一片大海，无涯的海浪不断消退。此刻，男孩儿在突如其来接触的泥土上遭到第二次重击，继而对如此广阔的天空感到惊奇。一个疑问黏糊糊地浮现：为什么地面如此低沉？又一次重击，靴子使他的血液更加浓稠，将他的脸踢翻在地。就这样，男孩儿的脸被踩着，再也看不到红沙之外的景象。思绪开始凌乱。棕榈树，大海的手掌，蓝色在那里生根发芽。他带着应有的礼貌自问：或许升起的不是国旗，而是大地？

世界继续翻转。士兵的声音像鞭子一样落下：

“你，小混蛋，没学会怎么尊重国旗吗？”

男孩儿感到血在流淌，士兵的靴子还要带来最后一次疼痛。他怎么知道警卫要求哪些行为呢？然而士兵是个纯粹的军人：他只是在履行无知罢了，就像一个不合格的法官，没有能力区分法外狂徒和例外之法。隐约间，男孩儿看见另一条道路，如此平滑，没有一粒小石子，双脚甚至无需挑选便可行走。那是一条免除一切旗帜的道路。随着士兵施加的暴力愈发猛烈，国旗仿佛失去了颜色，周围的风景冷却下来，阳光跪倒在地。这时——

发生了一件事情，前所未有，未来也绝不会出现：国旗猛然一荡，变成飞鸟腾空而起，赤裸着穿越云层。旗布如同河流，迁徙到别的天空。一时间，只见无数面旗帜偷走了天空的湛蓝。

然而，惊异之事才刚刚开始，前面的只是预兆。因为下一刻，棕榈树从高处轰然倒塌，当场压死了士兵，一道强光闪过，将世界劈成两半。尘土飞扬混沌，但棕榈树的轮廓很快又清晰显现，人们惊诧地发现，它就倒在两具尸体旁边。

树已经死了，但传言没有。不过鲜有人相信。因为大家更相信奶奶说的另一个版本：由于孩子的死，树干自我分解，化为液体。这是一场复仇，目标是欺凌生命的种种不公。众人唯一坚信不疑的就是两起死亡，一个杀死了另一个。棕榈树消失了，它的缺席却永远在场。无论是谁，只要路过那里，都会听到树叶的私语。看不见的棕榈树正在安慰一个小朋友的影子，而那道影子，无时无刻不在阳光下站着，不愿离去。

九十三

人们一个接一个走进房间。老人坐在床头，点着脑袋。每进来一个，就有人宣布名字，高声描述来者的样貌和穿着。孙辈挤满屋子，曾孙辈留在院子里。爷爷沉默地抬起视线，眼神无光。他始终面带微笑，不想显得粗俗无礼。每一年生日，他都在伪装。因为别的日子里，其他人根本想不起他，任由他和客厅里的东西一起蒙尘。

今晚，身边堆满了礼物，他轻轻抚摸包装，动作精准无误。毕竟，没有比盲人的更可靠的手了。因为盲人抓住的是实在之物，其余的等于不存在。看不见的人方位总是对的：说到底，只有可以选择的人才会犯错。老人向来者表示感谢，好像一位盲先知。一切远离视线，近在心头。

宾客们只陪他待了一小会儿。他们不知道要说什么，几乎无话可说，老人只听见比叫声更高的喧嚣声。再说，谁懂得观察一个盲人呢？看到他穿得光彩照人，表情却有些痛苦，为了让自己心安，他们宁可相信爷爷睡着了。对老爷子来说，白天和黑夜并无不同，盲人应该很擅长枕着声音入睡。

可是，爷爷只是假装睡着了。那一刻，他在等待一线机会，实施他最隐秘的无赖之计。每一天，他都会出逃。当城市开始抑制跳动的脉搏，他就会逃到街上。从未有人发现他不在家。他们甚至想象不到：老人一路小磕小绊，走得很顺畅，连摔跤都不曾有过。他每天都会越狱溜进公园，去见两个朋友：一只野猫，还有一个无家可归的街头男孩儿迪提纽。男孩儿找他聊天，老人就把从家偷来的任何一样小东西送给他。对他俩来说，世界太大了。男孩儿喜欢缠着老人讲故事，听累了，就会睡着。于是，爷爷也舒舒服服地坐在长椅上，内心柔软。直到猫咪出现，甜得像蜜，比眼屎还要黏人。小猫蹭来蹭去，整个身体像舌头一样舔着老人。这小东西睡觉时一边打呼噜，一边哼叫，还会发出“沙沙”的喘气声。心怀爱意的猫咪是不是都有哮喘？

此刻，噪音侵占了整座房子，爷爷身居其中，无比想念公园。他可以出去吗？

“出去？”

家人大吃一惊，很不高兴。怎么，非得在生日这天吗？去哪儿呢？爷爷欲言又止，放弃了请求。他们知道，老爷子容易头脑发热。比如三年前，他突然决定给自己打口棺材。家人互相询问：这是要做什么呀？大女儿惊恐地说：是不是有什么预感？其他兄弟姐妹大笑起来：胡说八道！

然而，老人把这事儿坚持了下来。今天敲一下，明天再敲一下。这是人最终的居所，是为我们永生而造的工程，难道不值得用心对待吗？你们一辈子都在为一座临时的房子打拼；而我在为最终的家园努力。

所以，对于老头儿的种种愿望，家人也不再大惊小怪。这么盛大的生日宴会，他却想一个人去远处散步？真是孩子气，幼稚的妄想。于是他们把看似睡着的老人留在安乐椅上。每个人都保证说，他不需要额外看护。可是当所有人都在同一时间犯错时，自以为是的幻觉就诞生了。因为老人猝不及防地发问：

“抱歉，各位，我到底多少岁了？”

大家笑了。老爷子在使坏呢，他一定是假装忘记。一个声音冒出来，大声宣告他的年龄。老人扬起眉毛，不敢相信地说：

“九十三岁？”

他看起来很茫然。这一晚剩下的时间里，老人时而坐在椅子上，时而突然震惊地站起来，反复问着：

“九十三岁？”

晚些时候，人们开始成双成对地跳舞。老人踉踉跄跄，在一对对舞伴中间穿行，逮着一个人就问：抱歉，我的孩子，咱们是在哪一年啊？

“九十三岁，父亲。”

不，老人纠正道，我问的是哪一年。但已经没有人在听了。喧闹的人群加快了庆祝的节奏。那种快乐容不下爷爷。杯觥交错，思维逐渐化为酒水。

最后，他们拿来生日蛋糕。老人朝所有地方吹气，就是没有对准蛋糕。大家决定替寿星一起吹灭蜡烛。蛋糕很快切完，必须回去继续狂欢。老爷子肯定在那儿睡觉呢，他们说，他任何时候都能休息。但爷爷并没有睡。他安静地思念着街头的小伙伴，迪提纽和猫咪。是的，他俩值得想念。只有面对那两个公园流浪儿时，他才会觉得自己是个爷爷。

于是，趁无人注意，寿星逃离了生日宴会。他走进小公园，躺在长椅上，叹息着吐出一丝轻快的幸福。猫咪从高处跳下来，温柔地缠绕他的手臂。老人为它留了一块甜点，是从宴会上偷来的。迪提纽稍晚些到，他刚找了块垃圾当晚饭吃。

男孩儿站在长椅前，好奇地观察。老人从来没有这么晚出现过。孩子熟稔地坐下，把手伸进爷爷的衣兜，掂量着钱包的大小，然后问道：

“有多少钱呀？”

老人笑了笑，手捂着胸口，大声宣布：

“九十三！”

男孩儿的眼睛亮得像划过一道闪电：

“这么多？您真有钱，爷爷！”

老人表示同意，又一次点亮笑容。男孩儿的心激动得快要跳出胸膛：

“有了这些钱，今天咱们一定要随心所欲：吃饱，喝足，笑到流泪。”

他站起来，拉着老人走向一条昏暗的小路。爷爷这才想起来：我的拐杖！但迪提纽回答说：从今天开始，我就是您的拐杖。就这样，他们走了，逐渐远离生日宴会的喧嚣。公园里，猫咪留恋地蹭了蹭那根被遗忘的拐杖。然后，它也奔向漆黑的小巷，加入两位同伴。他们在远处为时间欢呼，庆祝这个所有人都过生辰的好日子。

若鲁阳哄回忆缓缓入睡

我哥们儿若热·逗点儿，人称“若鲁阳”，向我讲述他对人生百思不得其解的故事。据他说，他总能预感到不幸。此人表里如一：是个超感预言家。我这就给你们展开讲讲。不过，开始前，我要描述一下这位若热的灵魂全貌。

总结一下他的人生，若鲁阳始终只有一个愿望：远离混乱。然而，再多的恐惧也无法打败一个如此魁梧的男人，让他在混乱面前隐身。他长得比巨人还高。跟他说话，你得仰头看云。我们经常开玩笑：这老哥只能坐着接吻！殖民时期，若鲁阳曾经涉足政治，但就像穷人兜里的钱一样：没什么动静，且从不停留。城市的嘈杂让他深感不适。为了到丛林里去，他自告奋勇，当起野外旅行队的司机，借此远离世界的恶臭。但他并没有解脱。因为有一次，他不得不带着一群秘密警察去林子里打猎。一帮野蛮人进行野蛮的狩猎：还有什么可担心的？那天结束时，一个蛮横的警察命令他清理枪支。若鲁阳记得自己瑟瑟发抖：

“枪支？”

他根本不敢提这两个字，更不要说清理了。但他还是假装清点，然后擦拭，清洁，上油。就在他进行最后的抛光时，枪突然像对着球门一样，冲着其中一个倒霉蛋的正脸“砰”地射击。秘密警察好似一颗椰子，“咚”的一声倒在大风天里。

这事儿过去三十年了，若鲁阳仍为自己辩解：只是一颗小子弹，什么也不是的小玩意儿。那家伙就这么挂了？天呐，我根本不信他是死于枪击。肯定是心脏病犯了，要不就是那颗脑袋没有拧紧。

他重新把酒杯倒满，一饮而尽。然后闭上眼睛，咂巴着舌头，打磨一种新的快乐。悲伤已经浮出记忆的水面窥探，必须让灵魂没入啤酒。若鲁阳摇着椅子，向我解释：正是椅子的摇晃让他回到过去。要不是因为这把椅子，他早就跟所有的回忆道别了。

摇晃的效果一定很好，因为若鲁阳又回到了过去：枪支走火后，他被逮捕入狱，罪名是勾结恐怖主义。算他运气好：那时已经是1974年1月，没过多久，法西斯政权就在4月倒台了[①]。那天早晨的情景依然历历在目。人群攻进监狱，直奔他的牢房，许多双手臂将他抬起来。直到那时，若鲁阳才测出自己的身高，一阵晕眩感向他袭来。他成了人民的英雄，正义的斗士。

“哎，瞧瞧我，一个根本不趟浑水的人……如果要给我颁奖，那一定是‘没有补偿’奖。”

但革命还是给了他一项殊荣：管理一家国有化公司。若鲁阳本想拒绝。可是拒绝会带来更多的混乱。于是，他开始不遗余力地履

① 1974年4月25日，葡萄牙爆发无流血政变，一举推翻长达42年的“新国家”独裁政权，史称“石竹花革命”或“康乃馨革命”。革命成功后，葡萄牙宣布放弃海外殖民地，非洲葡语国家纷纷独立。

行职责。若鲁阳起早贪黑。一切都有条不紊地进行，公司财务稳步增长，盈利丰厚。但事情进展得如此顺利，便有人怀疑猜忌。其他国有公司亏得连盘子都不剩，他怎么还能喝上汤呢？纠察小组来了，看都不看一眼文件，只消往办公室墙上瞥一眼，看到那把枪，就足够了。

“这把枪不符合指引文件的规定。”

“可这是把光荣之枪，我用它杀死了那个混蛋警察，你们忘了吗？还是政府在公开庆典上颁发给我的呢。”

解释无用。谁知道是不是同一把枪？一间办公室的墙上，所有长枪都长得跟野豌豆[①]似的。就这样，他们把若鲁阳抓进去，指控他私藏可疑武器。他再次入狱，比穿山甲还要安静。他还记得那段不光彩的倒霉岁月，睡觉是为了忘记胃。现在，回忆令他痛苦：

“看见没，兄弟？不是我作，是那些破事儿总来招惹我的鼻子。”

他在牢里待了几个月。有一天，他透过铁栅栏，看到公司的一群员工走进监狱。他求见狱长，想知道这群下属为什么出现在这儿。狱长异常恭敬地对他说：

“若鲁阳先生，您知道自己今天要被释放吗？”

“释放？”

“是的，就是今天，为了纪念世界气象日。但是，您还得在牢里多待一段时间……”

① 原文是 Vicia articulata，没有对应中文名。

说了不做，这又是为何？延缓释放的原因如下：刚才说的这群员工，因为想念入狱的主管，策划了一场巫术仪式，好让若鲁阳重获自由。当局中断仪式，逮捕了一众参与者，指控他们私下搞迷信活动。现在，起因高于结果：必须暂缓释放若鲁阳，免得增加封建仪式的威信。很简单，狱长解释道，如果您现在出狱，人们一定会说是迷信仪式奏效了。这就违反了唯物主义原则。出于同样的原因，区政府甚至推迟了世界气象日的纪念活动。结果，老实巴交的若鲁阳又回到了囚房。

“看见没？他们延长我的刑期，就因为气象唯物主义！”

又过了几个月，已经没有人将释放若鲁阳同装神弄鬼的把戏联系在一起了，他终于踏上敞开的街道。若鲁阳哀叹道：真是刚被狗咬完，又被强盗揍掉门牙啊。直到今天，他都不能跟人聊天气。若鲁阳坐在那把旧摇椅上，日子没完没了，沉重地压在他的心头。工作是为了什么？要干的活儿就像一条河：眼看着就要熬到头了，后面居然还有一条河。他疲倦地伸直双腿，问我：

“到底是谁在摇晃：我，椅子，还是这个世界？”

河湾之外

我要引用一则真实的新闻。报道是这么说的："日前，一只河马闯进了穆尼亚瓦社区的识字及裁缝中心，大肆破坏家具，社区居民备感困扰。穆尼亚瓦是索法拉省[①]首府人口最多的社区。……中心守夜保安表示，这不是一只普通的河马，而是一个十分奇怪的品种，它冲破学校大门，闯入教室，开始破坏桌椅。……居民中流传谣言，说这只河马本是老家一位已故年迈公民。老人化身动物前来宣布预言：贝拉城将不再降雨，严重的疾病将杀死大量民众。预言与该城区突然爆发的流行病刚好吻合。"引用完毕。

事件结束后，报纸没再提及后续。我将在此补充目击者的版本。这些目击者并没有完美的判断力，但对夜间幽灵的行为颇为内行。所幸在当今世界，所有的消息来源都是可信的。

乔丹·某某在恐慌中惊醒：学校那边传来什么噪音？他被突发情况吓得动弹不得，神经紧绷，继而决定留在原地，静观其变。可是嘈杂声越来越响。有人一直在学校搞破坏，像一群小偷怒气冲冲

① 索法拉省（Sofala）：莫桑比克中南部省份，首府为贝拉城。

地制造混乱。或许是一伙强盗。但谁会这么无耻？他们是在测试自己的勇气吗？乔丹拔出武器，向学校靠近。他压着脚后跟走路，脚掌却跟前进的步伐唱反调。噪音震耳欲聋，足以吓跑勇者，将英雄变成懦夫。恐惧是一条河，湿漉漉地穿行于自身。

离学校更近的时候，乔丹祈求上天助力：**西昆博斯**[①]**显灵！**明月照亮前路。不过，月光虽亮，却不够让乔丹拔掉脚上的刺。所以乔丹并不能证实自己所见。接下来发生的事情，他的眼睛看到了，脑子却消化不了。因为当他透过窗户窥探时，发现一头庞然大物正在咀嚼缝纫机！他从未见过如此巨大的河马。那可不是普通的品种，是传说中的“超巨型河马”。巨兽发现了窗格子外的民兵乔丹，用它那双吊在额头顶楼上的眼睛，昏昏欲睡地盯着他。接着，它又转头嚼食设备，继续自己的野餐。

一时间，乔丹・某某的脑海里划过许多想法，好像闪现的飞鸟。那只“恩福乌”[②]是怎么跑到这儿的？难道它是来获取智慧，学习写字，想要从偶蹄目动物变成偶蹄目打字员？或者，它是来报名学习剪裁缝纫的？不，不可能。它的脚趾比铁锅的把手翅膀还要没用呢。

迟疑的短暂时刻里，乔丹想起了过去。那时，“恩福乌”的狩猎者要遵循传统，没有得到巫术蒸汽的祝福之前，不能前往河流。丈夫和妻子都要沐浴在蒸汽的药香中，获得好运。当猎人用第一把短矛刺穿受困的河马，一名信使会回到村子通知他的妻子。从那一

① 西昆博斯（xicuembos）：莫桑比克本地说法，指老祖宗的魂灵。

② “恩福乌”（mpfuvo）：莫桑比克南部对“河马”的称呼。——作者注

刻起，女人就被禁止离家。她要点燃篝火，守着小火堆，不吃不喝。如果她打破禁忌，丈夫就要承受河马的怒火：猎物会变成狩猎者。这种禁闭生活也能束缚河马的灵魂，防止厚皮动物逃脱它的必死之地。只有从河边传来狩猎大获成功的欢呼声，妻子的幽禁才能终止。在那个村子里，所有人都很高兴，只有乔丹·某某。那些短矛仿佛一直在河流的水域刺伤他的灵魂。

但此刻，在小学校的窗边，唤醒民兵乔丹的不是欢天喜地的歌声，而是那头河马的愤怒。真实情况是，河马对眼前的情形非常生气。角落，房门，墙壁——这种地理环境让它感到陌生。于是它张开大嘴，露出牙齿。民兵因恐惧而变得弱小，只有武器能给他勇气。突然，乔丹不假思索地开枪了。几颗子弹如疾风般飞射出去，命中目标。鼻子虽然在视野前方，却从不妨碍眼睛。河马顿时颤抖着失去了活力，庞大的身躯轰然倒地。粉红色的肚子看起来仿若新生。最后一刻，濒死的河马向猎人投去一束饱含温情的目光，好像没有怨恨，只有感激。难道这就是“一别钟情”？

乔丹想起小时候，自己也曾为“恩福乌”和它笨拙的样子心软：肩背那么宽，却几乎没有脖子！那么胖，仿佛适合所有的舞蹈。这种不幸的动物很少踏上干燥的陆地，说到底，他是它们的兄弟：在族群中同样没有一席之地。乔丹经常梦见河马，它们像独木舟，背朝上漂浮在平缓的河面上。而梦中的他爬上河马的脊背，去往上游河湾之外。这是他最瑰丽的梦境：发现人类风景的未来，寻找一个超越所有地方的所在。

然而此刻，武器在手，乔丹突然想要主宰其他生命，践踏其余更低等的生灵。一股怒气骤然袭上心头，因为他过去竟然觉得自己是那些畜生的兄弟。是长枪赋予他滔天的权势，还是年龄扼杀了幻想？又或者，凡是成年人必会堕落？

枪声令许多人警觉，他们好奇地赶到现场，开始七嘴八舌，腹诽暗示。规劝和辱骂雨点一样砸下来。

“你杀了‘恩福乌’？你不知道这动物是谁吗？”

“等着看我们会因为你受到什么惩罚吧……”

“不用等到明天，你就会后悔扣动扳机的。”

然后他们走了。乔丹坐在学校的最后一级台阶上，同衣服上的纽扣一起沉默。思绪令他消瘦。怎么办？人们指责他杀了一个变形人而不是一头畜生。他怎么猜得到河马的真相，洞悉它信使的职能？乔丹把头埋进双臂，就这样呆坐着，背弯曲得像一个小三角。

这时，他感到一阵轻柔的推晃。有人在碰他的背，试图唤醒他。乔丹向后一看，浑身战栗。那是一只小“恩福乌”，一只河马幼崽。它想干吗？寻找靠山，一个更强大的生灵提供的庇护所。小河马在民兵的胳肢窝下打滚，好像要唤醒想象的乳房。接着，它依偎在魁梧的“母亲”怀里，哼哼唧唧地吸引“母亲”的注意力。乔丹看着这只吓人的小动物，它的嘴比脸还大。接着，他站起来，紧紧抱住这个孤儿。小河马很不安分，越来越重。乔丹一个趔趄，差点儿一屁股摔在地上。然后他重新踩着结巴的步子，向泥泞的河岸走去。

一到河边，小河马就无比欢快地支起身子，加入自己的河马家族。望着这一幕，乔丹开始感到无法承受长枪的重量。肩膀因为负重而发疼。仿佛在跟自己的一部分道别，他猛地一挥，将长枪抛进河里。就在那一刻，他听见一个人在说话。声音来自哪儿？正是他刚才救下的那只幼崽：

“爬上翻转的独木舟吧。”

独木舟？那个浮在水面上，庞大又结实的脊背？声音再次发出邀请：

“来吧。我带你去看看河湾之外的地方。”

于是，卸下武器的乔丹被深深吸引，登上梦境中潮湿的脊背，逆流而上，开始向远方流浪。

蛇的拥抱

广播新闻正在报道阿库巴尔·阿布乌巴卡尔因不明原因死亡。此人在自家客厅宽大的椅子上被发现时，已经毫无生命体征。报道内容如下：根据死者情况，警方怀疑死因可能是被蛇咬伤。然而，尸体上并未发现任何蛇类痕迹或牙印。死者妻子向本台透露，阿布乌巴卡尔近期行为古怪，时常威胁她，且在毫无依据的情况下怀疑她有外遇。

以下是众多事实和人物综合而成的版本，与其他版本绝无雷同，就像没有人能两次踏进同一条河。

小明托诺离开家，穿过郁郁葱葱的草地和开阔的杂草丛，一路奔跑。他要去喊父亲阿库巴尔·阿布乌巴卡尔回家。男孩儿不希望集市摆摊的妈妈回到家找不到丈夫。而且，他早就烦透了父母吵架，每一次父亲喝醉酒，情况就会更加复杂。

这天下午，敏捷机智的小明托诺希望能避免不幸的争吵。然而，当他踏上公路，却停下了脚步。只见一顶蓝色贝雷帽高傲地躺在地上。那种帽子。是从联合国的车上掉下来的吗？是专门维护和平的士兵戴的？那些士兵总是给世界带来更多的新闻而不是宁静。

有那么一小会儿，小明托诺迟疑了：既然没有人在场，或许他可以做帽子的主人？贝雷帽在犹豫不定的手指上转着，男孩儿在诚实使用和盗用的幻想间徘徊。然后，他做出选择：晚些时候，要去蓝盔部队[①]的营房交出贝雷帽。眼下，只要把帽子收好放在家里就行了。

他转头回家，把湛蓝的贝雷帽放在门口的鞋柜上，让它平静地休息一下。接着，他重新开始赶路，但无需赶到酒馆——父亲正在回来的路上，摇摇晃晃，俨然一个斜行的酒鬼。男孩儿望着那个身影，怀念战前曾经拥有的父亲。他好像一个孤儿，此时向他走来的只是一个继父，过客，闲逛的路人。

父子俩在共同的沉默中打了个招呼，继续走路，仿佛这个世上并没有属于他们的居所。刚一进门，鞋柜上的蓝色贝雷帽就让男人大吃一惊。

“这是谁的？”

多少个宇宙都装不下阿库巴尔·阿布乌巴卡尔的心情。巨大的震惊释放出来，淹没了所有神经。男人不敢相信自己的眼睛。他那明媒正娶的老婆该不会从一群穿制服的老外中间选择了其他口味吧？正是这群人目睹国家从战争的不幸转向和平的苦难。质问就是耻辱，怀疑就是软弱。当务之急是立即展现出男子汉的气概、机智与果敢。没有怀疑之光，仇恨就能茁壮生长。站在悲伤的边缘，猜疑之心有了事实的轮廓。小明托诺还想解释贝雷帽的来历。可是根本找不到机会。父亲命令男孩儿：立刻像流星一样滚开，滚去阳

① 即联合国维和部队，1992年12月至1994年12月期间在莫桑比克进行维和行动。

台，屋里的空气不够用了。

阿库巴尔·阿布乌巴卡尔坐等老婆回来，怀里的贝雷帽让他越发酸楚。嫉妒的苦涩在体内膨胀，像烤箱里的酵母。但他十分清楚，另一个自己也曾造访，那是内战前，他从来不担心失去苏利玛。难道嫉妒会让一个男人长出女人的形象？

阿库巴尔瘫坐着，等待噩兆到来要比等待妻子更让他感到焦灼。死亡总是能精准地落到我们头上。阿库巴尔抱着贝雷帽，向睡意求助。睡梦中，秘密逐一浮现。他看到许多画面，有一条肥硕的蛇，穿着人类的短外套，披着卡普拉纳，正是联合国的浅蓝色，包着头巾，缓缓爬到他身边，用分叉的舌头挠他全身。这条蛇会人的语言，说明每一种动物体内都隐藏着另一个生灵。蛇爬上他的腿，缠绕他的腰，在他胸前迂回蠕动。当它爬到阿库巴尔的脖子上时，男人听到蛇的眼睛在说话：是苏利玛的眼睛，千真万确。一双大地的眼睛，灰蒙蒙的，犹如赤足。它们盯着阿库巴尔，就像鸦片盯着肺。这时，蛇对他说：

"就这样互相囚禁吧，我们会永远生活在一起。"

阿库巴尔感到胸口的空气快被挤光了。仿佛一个写完的段落，但还想尖叫呼救。记忆的残影朦胧浮现。生命的反面不是死亡，而是另一种维度的存在。据说，蛇与人的灵魂一同诞生。是的，蛇和女人一样，由欺骗构成。一方的魔掌在另一方的嘴里。苏利玛向他发出邀请，要爬进他的身体。

"每一个男人都有深入五脏六腑的激情。我要钻进你的身体，做你的肉中肉，永远不分离。"

阿库巴尔张开嘴，好像蛇张开上下颚。不知是因为蛇的呼唤，还是因为窒息，他开始感到压迫。他醒了，满头大汗，面色苍白。过去他总说：等我死了，一定只让缺席者想念我。现在，阿库巴尔感到大限将至，便叫来儿子，他是缺席者中唯一在场的。孩子，我要死了。一股寒意从身体深处冒出来，折磨着我。好似有一只动物，像蜥蜴一样在我的肚子里晒太阳，搅乱我的血液。我甚至不知道这一切是在做梦，还是真的发生了。小明托诺仔细地为父亲盖上毯子。阿库巴尔拒绝了：

“别盖。啤酒才是我的被单。”

接着，男孩儿看到父亲从真皮层到表皮，逐渐长出青绿色的鳞片。仿佛另一种生物正在夺走父亲的外形，将他变成一只三种形态的怪物。连他的声音也变得陌生起来：

“我没救了，孩子。是蛇杀死了我。”

“蛇？在哪里？”

“它在我体内咬我。是从这儿爬进去的。”

起初，男孩儿以为这只是醉酒的伪装。但后来，看到父亲的新模样，他吓坏了，想跑出去求救。可是父亲伸手拦住了他：

“算了，孩子，嘴上的伤口只能用自己的唾液治愈。我正在用生命治愈自己，虽然我不知道该如何喜爱这一生。”

据说，阿库巴尔就是在那一刻咽气的。他萎缩得如此渺小，小明托诺第一次将他整个儿搂进怀里。妈妈回来了，发现父子二人像雕塑一样沉浸在回忆里。奇怪的是，苏利玛一看到丈夫，便急匆匆地取走他怀里的蓝色贝雷帽，揉成一团，悄悄塞进了衣兜。

小丑之战

有一次，两个小丑突然吵了起来。人们驻足旁观，觉得很有趣。

“这是怎么了？”他们问。

“嗨，就是两个小丑在吵架。”

谁会把他们当真呢？两个喜剧人唇枪舌剑，十分搞笑。争吵的内容都是胡话，主题也不过是一件琐事。一整天就这么过去了。

第二天早晨，两个人还在吵，异常激动地较劲儿，非得赢过对方。他们之间仿佛有一颗木薯在不断发酸。不过，大街上的围观者倒是很高兴。两个傻子辱骂得越来越激烈，歹毒之词锋利而精准。行人觉得这只是一场表演，纷纷朝人行道扔下硬币。

第三天，小丑们开始动真格了。耳光毫无章法地袭来，腿踢得呼呼作响，但更多是踢到空中而不是对方身上。孩子们觉得好玩儿，模仿两个卖艺人打斗，嘲笑小丑荒唐的行为，笑得身子都相互绊倒。他们想要报答小丑取悦观众的好意，便对家长说：

“爸爸，给我几个硬币吧，我要放到人行道上。”

第四天，殴打升级。妆容下，两个小丑的脸开始流血。一些小朋友被吓到了。那是真的血吗？

“不是真的，别怕。”父母安抚道。

打斗中一个疏忽，有人不知从哪个方向挨了一记耳光。但打得很轻，只带来更多的欢笑。越来越多的人加入其中。

“这是怎么了？”

没什么。一场小打小闹。不用把人分开。他们自己会累的，不过是小丑的滑稽闹剧而已。

然而，第五天，其中一个小丑准备了一根木棍。他向对手冲过去，一棍子将对方的假发连根掀起。另一个小丑盛怒之下，抄起一根双节棍，予以同样混乱的回击。长棍在空中呼啸，旋转，令人晕眩。其中一名观众不小心被击中，直挺挺地倒下死了。

场面混乱起来。激动的人群分为两派。渐渐地，形成了两个战场。许多人成群结队，卷入斗殴。更多的人倒下了。

进入第二周，周边几个街区听说两个小丑引发了一场愚蠢的混战，后来演变成小规模战役，波及整个广场。邻居们觉得有趣。一些人还去探访广场，好确认传言。他们带回来的版本总是自相矛盾，添油加醋。后来，这些邻居也分成观点对立的阵营。某些街区开始出现冲突。

第二十天，枪声四起。没有人确切知道声音从哪儿来。可能是城市的任何一个角落。受到惊吓的居民开始武装自己。稍有风吹草动都觉得可疑。枪击事件蔓延开来。尸体开始在街头堆积。恐怖主宰了整座城市。没过多久，大屠杀接二连三地爆发了。

月初，城市的居民都死光了——所有人，除了那两个小丑。这天早晨，他们坐在各自的角落里，脱去可笑的外衣，疲惫地看着对方。然后，他们站起身，拥抱在一起，捧腹大笑。两人挽着手臂，捡起人行道上的硬币。他们穿过被摧毁的城市，小心地避免踩到尸体，然后离开，去寻找下一个城市。

纳马洛伊传说

灵感来自赞比西亚省纳马洛伊部落酋长夫人口述，
神父埃利亚·西斯卡托录集。

我要讲述世界的起源，揭示男人和女人萌芽的原因。我用生病来接收这份智慧：所讲之事由祖先通过梦境传递。若非如此，我便永远无法开口。我是女人，需要许可才能发言。此刻所述是我过去不曾知晓的事情。在高烧的热浪中，有人用我的嘴说话，正是这些人让我们存在，赋予我们名字，又将其收回。现在，神父，您要立即替我翻译。不要拖延，因为我会很快失去即将抵达的声音。

起初，我们都是女人。男人并不存在。直到出现一群不知如何分娩的女人。她们怀了孕，却不能向世界回馈自己携带的种子。于是，其他女人抓住这群不育者，完完整整地吞下。她们承受着这份重负，肚子因为新孕事而涨得浑圆。就这样过了三天，吞食者们生下了孩子。被吞吃入腹的人复活了，但和原来不同，长得前所未见。第一批男人就此诞生。他们看着自己的母亲，感到羞愧；又觉得自己与众不同，习得行为后，变得争强好斗。最终，他们决定换一个地方生活。

他们跨过一条细小的水流，移居到纳穆里山的另一边。刚在新土地安顿下来，细流就变宽了，变成小溪，又变成大河。在移居的河岸上，男人们只吃生食。就这样过了一段时间。一天晚上，他们看见河对岸燃起了篝火。女人们知道如何采摘火苗，播撒火焰，就像精通播种和丰收的技艺一样。男人们说：

“女人都有一块红色的部位：火就是从那儿来的。”

于是，统领男人的穆埃内[①]派两个人去寻火，并要求将火完好无损地交给他。两人渡河去执行命令。可惜没能成功：火焰四散而逃，消失了。火无法过河。

“穆埃内，火累了。”

他们对穆埃内这样解释。失望的首领决定亲自完成使命。他在一个大雨瓢泼的夜晚穿越急流。暴风骤雨中，泥泞的河水汹涌漫涨。穆埃内仿佛失去了身体，任由灵魂逃逸。他在河对岸醒来，浑身比鱼还湿。有人在拉扯他，给他空气和光明。接着，他发现救他的是一个女人，她正在点燃一小丛篝火，烤干他的衣服。男人同她说话，坦陈自己的愿望、嫉妒和意图。女人说：

“火是一条河。必须从源头收集火种。”

“这个源头，我们不知道在哪儿。”

入夜后，女人喊来穆埃内，让他躺在地上。然后她躺到他身

① “穆埃内”（muene）并非人名，意为“传统部落中最有威望的人”。——作者注

上，身体像一席床单，覆盖着另一具身体。从没有男人同对岸的女人睡过觉。末了，女人亲吻他的双眼，留下一颗水滴的味道。这是一滴血泪，是大地的伤口。眼泪哭泣着，哀求他们缝合两岸，那是它一分为二的躯体。他的手落在她柔软的深渊上，陷入沉睡。

男人安躺在女人怀里，做了一个梦：他是最后一个男人。那晚他们身体交融之后，他受了伤，身体被剖开，血管彻底撕裂。他看见血在河水中扩散，便昏厥过去。等他恢复意识，发现整条河都成了血色。顺着水流的方向，他目睹红色的河逐渐浓稠，液体凝结，变成一大块固体。一个人形缓缓出现。接着，一个女人诞生了。一瞬间，大河重新流动，河水清澈而纯净。这就是那个梦。穆埃内尚未醒来，就忘记了全部。

第二天清晨，首领回到自己的河岸。途中，他发现河流已经恢复平静，河水从未如此安详。穆埃内匆忙召来其他人，急切得仿佛没学过呼吸。其他人见他这样，十分惊讶。他是把火含在体内带回来了吗？穆埃内还在努力平复剧烈的喘息：

“听着：河对岸……”

然后他一头栽在地上，再也说不出话来。其他人受好奇心驱使，也前往河对岸。他们等太阳藏好自己，才开始渡河。 每当有一个人回来，河流就会变窄，愈发像一条小溪。原来，黑夜还有一片不为人知的河岸，即生命的另一面。终于，一个接一个，所有人都去河对岸完成了探访。河水变回最初的模样：一条细小的水流，像孩童一样羞涩。世界几乎不再分成两边。渐渐地，男人决定留在女人的领地。至于曾经的那片河岸，再也没有任何男人留下。

时光流转。有一天，一个女人生下一个孩子。男人们大为震惊：他们从没见过分娩。孕妇被挪到屋后头，其他女人也聚集在一起，她们割断了孩子和母亲连结的地方。割掉脐带，一个就变成了两个，鲜血分离身体，就像河流曾经分离大地。

男人们看到这一幕，窃窃私语：如果她们能割，那我们也能。于是他们磨好刀，把小男孩儿都带到树林。从此有了割礼。他们为儿子行割礼，好让孩子融入世界，忘记河对岸的一切，那里曾居住着第一批男人。通过割礼，男人们自我安慰：至少他们能够创造第二次分娩。就这样，他们幻想自己和女人拥有同等的力量：像我们一样源源不断地孕育生命。他们错了，只有女人才能将一个生命与其他生命之间的纽带割断。但我们且随它去，甚至懒得说服他们改变信仰。毕竟，时至今日，他们仍会穿越河流，在我们身上寻找火的源头。

喝时间的人

那天下午，我坐在露台上，为我的私密灵魂征收宁静。我在旅途间隙等待回首都的火车。这个中转小镇位于遥远的北部，热浪逼人。只要碰一碰空气，人就会立刻打蔫儿。事实上，我也快窒息了。所以我选择坐在室外，但愿能有一丝凉爽。这家酒吧名叫“地狱微风”，确实配得上这个名号。我坐在那儿，惬意地看着路过的姑娘，她们比空中欢爱的蜻蜓还要轻盈。但愉快的心情被前面几桌的一个皮肤黝黑、大声喧哗的男人打断了。不知为何，那家伙在空中挥舞着手臂，大汗淋漓地吸引别人注意。我走过去，问他在干吗，其他人竟要我保持安静，以示尊敬：

“闭嘴！这位是西达库瓦。他在拥抱上帝！”

活着的人总是在消失。西达库瓦？这哥们儿明明来自我老家，是个职业酒鬼，有一份被酒精浸透的丰富履历。他在这远离家乡的地方做什么？我走到他面前，徒劳地期待他能认出我。但他眼中交织着迷雾。终于，他憋出一句话：

“不好意思，我忘记自己叫啥了。”

然后转向人群求助：

“谁能喊一下我的名字，劳驾……”

生活是水，把石头变得更加坚硬。最终，人图的还是内心的充盈。我帮醉汉重新找了个座位坐下，用我酒瓶中剩下的酒给他满上。你还记得很久以前，咱们住的那个街区吗？他指着啤酒屋，大声宣告：

“这儿，这间酒吧，就是我的祖国！”

他在那儿坐了一上午，不停地对酒瓶子发号施令。到了傍晚，酒吧老板告诉我，在一个久远的日子，我这同乡来到此地，住下便不走了，一副终生落户、世代安家的样子。谁要跟他结算酒钱，西达库瓦就胡乱解释说：

“我在等一个女人，一个世界容不下的女人。”

“那你为啥喝成这样？”有人大胆发问。

“我喝的不是啤酒，是时间，我倒要看看她能拖多久……”

一开始，老板还表示抗议。可后来，他决定借此谋利。醉汉可以帮忙在附近传播消息。他在酒吧，就能招来新的客人。再怎么说，时间之线总是自带一只鱼钩垂钓未来：总会有人来的，亲戚或朋友，替他支付长长的账单。

事实上，有一天，西达库瓦的老婆和几个孩子，还有一个关系特别铁的连襟全来了。他们请求，恳求，苦苦哀求，希望西达库瓦回家，那才是他应该待的地方。他们愿意用无尽的幸福呵护他。但这都是白费口舌。经过一番深思熟虑，男人只回了一次话：

“我了解你们，你们就是那种看到狮子就立刻想找笼子的人。”

家人十分痛心，不再对他抱有希望。一行人离开前，老板还跟连襟谈了几句：谁来支付过去和将来的酒水账单呢？连襟把手上的镯子和戒指摘了个干净。老板决定驱逐醉汉。他允许西达库瓦留宿最后一晚，就算仁至义尽了。

然而，意想不到的事情发生了，看来逻辑学和统计学并非只在南方出错。当天晚上，镇上闯入一帮持枪土匪，四处抢劫。本地居民无一例外，都逃进了丛林。他们丢下全部财产，整个镇子都空了。只有西达库瓦坚守阵地，留在遥远的迷雾之中，置身事外。歹徒包围酒吧，准备在这个冒失酒鬼的肋骨上磨刀。当感到有阴影靠近，西达库瓦抓起一个酒瓶子，指向来人。其实他是想表示亲近，欢迎初来乍到的客人。谁知强盗中间突然有个声音发出警告：

“这家伙有武器！”

致命的射击交织出一片火网。一个土匪瞬间倒地，额头正中破了一个血洞。其他歹徒陷入恐慌，仓皇逃窜。第二天上午，小镇居民将西达库瓦——不，是西达库瓦同志，奉为勇猛的英雄，坚毅无畏之人。不仅如此，他们还给他起了个绰号：圣徒酒鬼。坊间流传，西达库瓦能占卜未来，通晓不可知之事。于是，开始有人前来求教问药。西达库瓦一边接待饱受困扰的人，一边点着更多的啤酒。他的目光在既定的轨道上打转，却无法清楚地描述所见。他总是用同样的句子宣判：

“从今天开始……”

然后就再也说不出什么了。他瘫坐在椅子上，圆得像一颗星球。他的预言不过是一场沉默的晕眩。尽管如此，小镇居民依旧对他充满信仰。他没有明说的，善良的居民会用自己的智慧填补。毕竟，神明之事无须解释。

但显然，这个男人早已离开他灵魂的马车。人们发现他日渐消瘦，愈发憔悴。他已经喝不了酒。只能点上一瓶，长时间地凝视，目光呆滞。酒鬼生病了，肝脏和其他内脏有了分歧。葡萄牙医生匆匆来访，诊断说：西达库瓦的生命像泡沫一般脆弱，剩下的日子不多了。

这是入夜时酒吧老板告诉我的。次日早晨醒来，我对西达库瓦有了不一样的感情，仿佛与死囚共度了行刑前夜。我赶到酒吧，一心想同他共享一些紧要的回忆。我想学会饮用时间，每一口都是一段岁月。可是我里外找了个遍，就是没看见西达库瓦，所有的座位上都没有他。

“您不知道发生了什么吗？”

老板讲述了众人目睹的情形：夜深了，一个外乡人来到酒吧。没人知道她的名字和来历。您可以怀疑，但人们说，她的皮肤像玉米一样，是金黄色的。人们确定看到的是，这位女士坐到西达库瓦的桌子旁，而他，用温柔颤抖的声音请求她稍等片刻，只需要再来一杯，最后一杯。女人笑了。然后，她牵起酒鬼的手，缓慢而不可思议地，将西达库瓦带进了酒杯。不管您怎么盘量，这事儿都叫人难以置信：一个男人像孤岛一样住在一家遥远的酒吧，现在，他变成永恒的液体，移民到啤酒里去了。

我坐在那儿，穿梭于莫名的情感。然后开始点啤酒，一瓶接着一瓶。我慢慢地喝，每一口都在回味时间悠缓的滋味。下午三四点钟，有人提醒我回家的火车已经鸣响最后几声汽笛。我胡乱挥了挥手，假装听不懂。夜里，老板告诉我店要打烊了。我说要留下，在这儿我能感受到祖国温暖的庇护：

“是的，我在等一个人……”

聋神父

我像上帝一样书写：直截了当，但不按直线写。就让我的读者去修直这些文字吧。只有死亡才像直线一样确凿。其余事物都有不确定的两面。比如我，是种族交融的产物。我父亲，葡萄牙人，金发金眼；我母亲，黑人，肤色黝深。所以我出生时，皮肤几乎没有色调，灵魂却有着浓重的色彩。

我提起上帝时总是满怀敬意，但我没有信仰。孩提时，我从没进过教堂，甚至没有受洗。是父亲的错。他总说，做祷告唯一的用处就是磨坏裤子。他还怀疑教堂是个不健康的地方。

“刚一进去，没走两步就得跪下？！”

学校里，神父经常用教鞭指着我说：这一定是雨的孩子，从不参加教义问答，也不了解任何教理。神父告诫其他孩子跟我保持距离。

“腐烂的水果不应该留在口袋里。”

孩子们听从劝诫，离我远远的。如今我才明白，他们这么做不是因为服从神父，而是因为我的种族。正如上帝的文字被雨水玷污。是的，神父说得有理：我就是雨水的孩子。

此刻，正是在雨中，我回忆我的一生。必须从掀翻我童年的那个爆炸声开始说起。炸弹藏在一本明信片里，爆炸时仿佛撕裂了世界。没有人流血，除了我。滚烫的血顺着脖子往下淌。我擦了擦脸，想找到出血的地方。费了一番工夫才发现：血是从我的体内，经过耳朵涌出来的。

混乱中，没有人注意到我。尖叫，火焰，我的兄弟姐妹。几天后，我抱怨耳鸣，这时他们才发现，我听不见了。我的耳朵死了。

母亲怪罪父亲。他一直在玩火，只因他沉迷于行善。我们逃离那里，逃离我容身的世界，就像离开一个诅咒之地。父亲害怕会有更多的爆炸，或者说，时局引发的战争。

从那时起，我失去了庆祝生活的理由。别的孩子可以玩儿“摸瞎子”[①]，我能玩儿什么？“摸聋子”吗？一开始，我还能听见声音的影子，音响的草稿。可是随着年龄增长，情况不断恶化，之后，连墙壁都要比我多几只耳朵。

我花了很久才接受自己的残疾。我就像那个瘸腿的人，深信行走趔趄是因世界不够平坦。

“你听不见了？那岂不是整个世界都成了哑巴？”

没人给我肯定的回答。只有寂静。我甚至无法解释这口空井，这座虚无的迷宫究竟是怎样的。我内心充满痛苦，寂寞且孤独。有一天，我崩溃了，绝望地说：

“父亲，帮我找一个女孩儿来吧。”

---

① 即捉迷藏。

我的请求几乎没有声音。父亲还想开个玩笑，但他看到了我内心深处的悲伤，伸手握住我：

“你想找个女孩儿结婚吗？”

我读出他的唇语，却假装不懂。他为难地垂下眼睛。我想找的女孩儿真的存在吗？

“我只想听人说话，父亲。”

我深深触动了父亲的心。他开始召集族长，与多名酋长交谈，承诺付钱。一连好几天，他们想方设法，去外面的村庄探访。直到今天，我仍然不懂：他们连这个女孩儿长什么样都不知道，又是根据什么来找人的？后来，信使们找得筋疲力尽，便回来了。

“我们找遍了所有类型的女人。但是他想找的那个，我们没见过。”

有一次，他们带回来一个非常美丽的女孩儿。然而，她是个哑巴。父亲知道我的要求，便拒绝了。比起感受爱抚，我更渴望倾听温存的声音。他们刚要赶女孩儿回去，我恰好经过。我叫了一声，她害怕地走过来。我向她吐露心愿。父亲想要打断，因为知道女孩儿发不出声音。但他不敢揭露女孩儿的残疾。我拉住她的手，请求道：

“我只想知道，我在哪里能触摸水流的歌声？”

女孩儿轻轻说出秘密。如今我知道，她的喉咙并没有说出可听见的话语。但在那一刻，我沉醉于她声音的幻影。父亲惊讶地看到我的表情变了。我开始萌芽，像花儿一样绽放出笑容。奇迹，这个世界还会有更多的奇迹吗？

女孩儿被安排到后院一间小屋子过夜。我胸中激荡，没有丝毫睡意停歇。第二天早晨，母亲叫我过去，打着手语解释道：

“我们把那个女孩儿送走了。”

“走了？”

“她太黑了，比黑人还黑。再看看你：穆拉托人，几乎是白色的。可不能让种族倒退呀。”

父亲也试图泼冷水：那姑娘喉咙残废了，随便发个元音都做不到。可我已经决定要走向另一种命运。我做了什么？假扮神父。只要偷一件黑色长袍和一个十字架就够了。然后，我钻进森林深处，穿过远方，抵达地平线最后一道折痕所在的地方。

任何地图上都找不到比这更偏远的角落。它叫“无境之村”。此处原有一个小教区，被我精心重建了一番。说来也巧，村里之前有过一个传教士，是个好人，主持的弥撒总是坐满信徒。更巧的是，和我一样，他也是个聋子。所以那里的居民相信“听不见”是靠谱传教士的必备条件。现在，回想我的所作所为，我必须说：魔鬼的记性一定很差。因为人们做了那么多事情，他都想不起来。

通过冒充神父，我找到了一种依靠他人关照过活的办法。人们照顾我，供我吃喝。我为他们编祷告词。这群可怜人总是背不下来，因为每一次我都念得不一样。即便如此，困惑的信徒也从未丢弃信仰。谁知道呢，也许是因为我做什么事都很专注，而过去我并不自知。护理，我做过；教师，我试过；咨询师，我努力过。总之，做任何事我都与人为善。或许正是因为这些服务，我的教堂总是座无虚席。每逢星期天，村民都会雷打不动赶来做告解。他们态度庄重肃穆。只有我偷走了仪式的神圣。我坐在忏悔室里，幽暗如同乌龟的肚脐。信徒一个接一个地跪在隔间外，高声忏悔他们的罪行。就这样，人人都知道他人的私事。上一任神父在时如此，现在换成我也一样。

昨天，雨下得很大，周围的小破屋都在晃动，看起来很不牢固。村民纷纷跑进教堂躲雨。我从未在任何一场弥撒见过这么多人。这时，一群湿透的农夫中间，来了一个姑娘，正是父亲送去安慰我的那个女孩儿。时光在她的面庞和身体上劳作。但一切都让她变得更美。她向我投来目光，一如少年时门廊下那个让我眩晕的眼神。然后她转身离开，找壁炉取暖去了。我好像看见她在跟别人说话，商量着什么。我叫来教堂司事，吩咐道：

“那个女人，对，就是她。去看看她是不是能说话。”

我的助手一开始完全没听懂，但还是去了。他靠近那个女人，向我比了个“是”的手势：她确实能清楚地说话。这个事实如闪电般击中了我，就像一根火柴被投进火山口。我的脑海中涌现出整个人生，支离破碎，好似一枚炸弹将回忆炸成了碎片。我走上祭坛，示意那几十个避雨的人安静下来。我知道如何看见沉默，它到来时，我能读懂——我从人们的眼睛里看到了。我还知道，那一刻只能听见雨水敲击着小教堂屋顶的声音，像在演奏廷比拉木琴[1]。接着，我向他们讲述了此刻我写下的一切：我的谎言，虚假的外衣，伪装的信仰。我放声忏悔，一如人们曾经做的那样。然后我脱下长

① 廷比拉木琴（Timbila）：莫桑比克传统乐器。由数量不等的木片组成，固定在大小不一的葫芦上作为共鸣箱，用两根末端带有橡胶圈的小槌子进行演奏。

袍，向众人道别，穿过他们震惊的目光，走出教堂。

如我所料，外面正在下雨。我在想象的音景中头晕目眩。从未见过这样大的雨势。天空要用洪水威胁我们吗？我醉醺醺一般走了几步，寻找污水覆盖的地面。是不是只有盲人才从不跌倒？一只手拉住了我。我转身，是那个姑娘。她开口说话，我失去了对世界的感知。现在你们知道我是个骗子，还会相信我吗？既然与上帝断了亲缘，我还能向谁起誓？算了，你们怀疑吧。但我听见了，是的，我没有读唇语却听见了。我听见那个女人甜美的声音，她的话为我披上一身惊愕：

“留下来。留下来吧……神父！”

死亡占卜师

在穆伊特特卡特[1]这个小社区，有一位很厉害的灵媒，他可以预测人的死期，精准度堪比代数。他不使用寻常法子：小石头、贝壳或小骨头。不。他会把两个象牙做的小十字架放到来访者的眼睛上。占卜师闭上眼睛，集中注意力，深藏于眼睑之内，直到他的黑暗拥抱另一个人的黑暗。在两个影子的接触中，死亡日期被确切地写下。

因此，在穆伊特特卡特，大家都鼓励阿巴多·萨兰热去咨询占卜师。

“去吧，这样你就知道哪一天死了。”

阿巴多表示拒绝。知道自己最后的期限？有什么用？幸福只有在一无所知时才会到来。我们学习生活可不是为了终结。光不会接受自己的未来：成为尘埃。我们品尝笑容的结晶，爱情多汁的果肉，友谊甜蜜的阴影；我们细细嚼碎永恒，并不是为了之后成为无物、无境、无人。

---

① 这是作者虚构的地方。

阿巴多·萨兰热在无知和不曾与时间立约的幻觉中过得很惬意。直到一天晚上，他在战栗中惊醒，大汗淋漓。四周一片漆黑，心脏几乎要从毛孔中跳出来。他梦见自己在一群亡灵的居所里。它们问他：

“萨兰热，你还是死人吗？”

亡灵们督促他：应当去咨询活人，搞清楚他的重生之日。毕竟，他知道得越晚，就会越早复活。这和世界另一边的逻辑恰恰相反。

第二天，萨兰热走上街头，沉醉在阳光中，仿佛第一次品尝光明。我真的来自另一个世界？难道梦成了现实？不管真假，阿巴多·萨兰热陶醉于头顶的湛蓝，鸟儿用婉转的歌声装饰天空。他当下决定前往占卜师家。他想到那个梦的启示，倘若真的死后才知道关于死期的预言，那他一定要大声嘲笑这份日历。出其不意才是死亡的优势。抢走这个好处，我们凡人就会成为永生的胜者。

于是他去了。占卜师看到他，嘴角讥讽地上扬。他让萨兰热坐到明暗交接处，将十字架放在萨兰热紧闭的双眼上，观察着时间。此时要求绝对的安静。突然，占卜师的舌头“咔哒”一声，不安地说：

“不行。你的脑子太吵了。叫你的思绪闭嘴！”

阿巴多很惊讶。他可是纹丝不动啊，何错之有？占卜师重新专注于工作。他一会儿远离十字架，一会儿又靠近，似乎很难聚焦。

“先生，你知道吗？你身上有个情况……”

“情况？”

“我都不知道怎么说。”

萨兰热咽了好几下口水。可别告诉他大限将至，就在下周？难道剩下的时间只有几天了？

“我马上要死了？”

“不，你死不了。”

“死不了？什么意思？”

“这就是问题所在。”

“您倒是解释啊，大仙！”

“是这样的，阿巴多·萨兰热，你已经死了。”

萨兰热惊恐地呆住了。几只苍蝇飞过，他突然爆发出一阵大笑。胡扯！他笑得实在太厉害，不得不站起来减轻肋骨的负担。当我们捧腹大笑，肋骨的数量就会增加。所以放声大笑很危险。阿巴多走出占卜师家，大吸一口气，又回到屋里，神色凝重地问：

“那请您解释一下：我到底是哪一天死的？”

“昨天晚上。先生，事实上，你刚刚去世。”

阿巴多脸上布满阴霾。是那个梦吗？死亡能发生在梦境笼罩的土地上吗？闻所未闻。谎言，一定是占卜师的谎言。这家伙在骗他。阿巴多气得都不知该不该笑了。最后，他终于让怒火发酵：

“很好。既然我是个死人，正如您‘预告’的那样，那就不能付钱了。我这就走。”

于是他退出屋子，再也不想知道里面如何。然而，某种事物改变了他最深处的存在。因为他变得更加善良，对孩子更加耐心，对老人更加体贴。女人对他而言，也有了全新的魅力，仿佛她们不再由任何实体构成。当他偶然发现她们的美时，也不再有地下潜水般无法控制的热流涌上心头。最大的变化是：他再也无法入梦。他曾是个勤勉的梦想家，如今却再也不能做白日梦了。

第二天早晨，妻子轻柔地唤醒萨兰热，亲吻他的前额。他从未受过这样柔情的待遇。妻子温柔地叹息道：

“我好想你，阿巴多！”

巨大的怀疑再次浮现。他真的像占卜师预卜的那样死了吗？没有收到应有的通知，死亡就可以生效？疑问深深地挖空了他的心。

他不再等待，决定返回占卜师家。可到了那里，他奇怪地发现四周空无一人，只有一只老母鸡在院子里溜达。萨兰热礼貌地敲门，无人应答。他走进漆黑的小房间。适应阴影后，注意到那对小象牙十字架被遗弃在地上。他弯腰将它捡起来，就这样蹲着，放在眼皮上，等待一个信号来临。突然，一个声音吓了他一跳：

“你是谁？”

“我是阿巴多，我来见占卜师。”

“不行。”

“我这就付钱，预付都行。再说，占卜师还欠我……”

“不行。大师已经去世了。”

“死了？什么时候？”

昨天晚上。所以，这个别人口中的大师没能预测到他自己的死期？阿巴多觉得好笑。但那个声音解释说，巫师无法占卜自己的事。萨兰热走出屋子，神色凝重：现在，占卜师死了，他要如何查清自己死亡的真实性呢？

“我可以带走这对十字架吗？”

“拿去吧，就用这个来抵你付的钱了。”

萨兰热回到大街上，双手插兜，反复确认十字架的存在。夕阳已经沉落，光的海难波及整个社区。就在街角转弯处，突然冒出一个模糊的身影。萨兰热认出是占卜师在说话，顿时寒毛直竖。

“我是来找十字架的。”

萨兰热从口袋里掏出那对无用的工具，捧在手心里递给另一双手。意外的是，他感到手被巫师束缚住了。起初，他试图反抗。后来，感受到对方手中的坚定，反抗便逐渐消失了。占卜师用柔和的声音发出邀请：

“跟我走吧。”

于是他们沿着小路前行，没留下任何脚印，仿佛踩的不是沙砾，而是天空。

影子的告别

那天早晨，天没亮我就起床了。邻居差点儿劈开我家门。我打开门，她问都没问就进来，坐在沙发上痛哭流涕。

“是我女儿，她快不能呼吸了。”

大女儿的哮喘夺走了她的宁静。她整宿整宿地冷落睡意：涂抹精油，焚香，祈祷。但恶疾并未消除。女孩儿的胸口仿佛堵在嘴里，趴在打开的窗户上艰难喘气。自从恋爱突然失败，她就开始这样，她的心碎了。那位前男友，或许是被无常吞没，化为乌有，或者隐入尘烟，总之，消失了。至于去了哪儿，是什么时候，怎么消失的，谁也不知道。

“都是这个时代害的，您也知道。”

邻居的解释流露出清澈的无知。当下的战争牵扯多少国家，给大地撕开多少深渊，谁知道那年轻人是不是掉进了某个深渊？可以肯定的是，从那以后，女孩儿就一直发烧，气喘吁吁。灵魂从她的嘴里逃走，却没有任何气息进入。吐气越多，吸气越少。女孩儿缺的不是空气，而是整个大气层。

“我都不知道该拿她怎么办了。”

我能做什么呢？生活无法慰藉的人，诗歌也不能治愈。但邻居的痛苦情有可原：再发作一次，女孩儿就活不了了。医生是这么说的。可我当天下午就要出远门。我给邻居指了指帐篷、睡袋等各种装备。她好像很清楚我的计划：

“我知道您要去丛林，所以我才来的。”

她想要的正是让我从那边带回一种特殊的植物，有神效，能复活钉在十字架上的基督。

“就是这个，您看，必须一模一样，多一片叶子少一根茎都不行。”

我向她保证，一定带着奇迹回来。她同我道别时，眼神充满了渴求，这种不公刺痛了我：生活中，竟有人如此需要别人的帮助。

下午，我等着向导来。接下来的几天，他要带领我穿越不可知的风景。他的介绍信上是这么说的：儒利奥·卡洛斯·阿尔贝托，蹲过号子。写信人是狱长，算是朋友相托，请我给这位刚释放的囚犯找份工作。没准儿等他适应了，无赖也能变成好人？

有案底的哥们儿来了，音节卷成一团，流里流气地自我介绍：

“我——儒利牛·卡萨贝托。”

他一边帮我打包旅行工具，一边啰里啰唆地介绍自己。什么都聊，却什么都没说。他只是渴望交谈，报复牢狱的死寂。失去一切的人甚至不知道自己想要什么。人生在世，谁拥有更少，就会失去更多。

现在，正是这位儒利牛，要带我穿越只有大自然耕耘的原始丛林。他记得所有小路，这确保了他迈出的步子都是稳妥的。

“今天就要结束了。”

是的，夜幕很快就要降临。我们将很难找到通往巫医阿不·德·热苏斯[①]家的小路。我想拜访这个女人，因为她是本地一门传统医学——草药学——最后的守护者。我能跟她学到不少东西。阿不总是绕着阴影踱步，拔出植物的根叶和细枝，用这些细碎的药材战胜死亡。但是她也会抱怨：这些植物越来越稀少，如今已濒临灭绝。此刻，躺在空旷的森林里，我一边等待身体昏睡过去，一边望着星星像蜂群般倾巢而出。儒利牛在旁边用肘推我，打破了宁静：

“先生，原谅我多嘴：您在这林子里乱窜能捞到什么好处？”

“这是我的工作，儒利奥。”

“可是您从花园出来，就为了钻进杂草丛？人总有自己该蹲的坑吧。恕我直言，您倒是说说：蟒蛇会穿拖鞋吗？”

我裹紧毯子，舒展舌头。疲倦占据上风，口风也松了：我是搞药草研究的。然而，这是我最后一次做野外调查了。我的工作无法继续。资金被撤走，项目得不到重视。他们说另有优先事项。您想在这片未开化的丛林里发现什么呢？艾滋病疗法吗？我没有回答。有什么可辩驳的？毕竟，还有另一种无法治愈的病：获得性“人性”缺陷综合征。不人道的科学和阴暗的科学家层出不穷，我又如何能改变现实？

① 米亚·科托笔下很多人物的名字都有双关意义，前面已有多例，此处“巫医阿不”也是。“热苏斯”（Jesus）在葡语中也有“耶稣”的意思。“阿不”（Nãozinha）是葡语否定词“不”（não）的指小词。

“不好意思，我听您说话，但跟不上您的思路。我只是喜欢听。太久没有听到人声了。”

我请他聊聊自己，为什么会被关进监狱，究竟犯了什么罪？

“我杀了一个男人。”

“为什么？”

“为了偷他的‘莫亚’。是一个女人让我干的。”

“偷‘莫亚’？”

“是的，您不知道‘莫亚’吗？那是生命的呼吸，活人的气息。”

我知道，但以为是另一种用途。看来，这小伙子不是普通杀手。他杀死的不是人，是那人的影子，或者说，是载我们穿行于人群和时间的航船。

“是那个女人的请求。她快死了。”

“你喜欢她？”

“她是我唯一的激情。”

和儒利牛的这场对话并非没有触动我，事实上，它让我心软。我们裹着篝火的烟雾，躺在星光闪烁的天穹下睡着了。

第二天一大早，我们前往目的地。不一会儿就到了巫医家。按照拜访的规矩，我们坐在穆提[①]的入口等待主人。正宗的非洲人白天都是在户外，也就是院子里度过的。孩子们跑来跑去，母鸡则在地上啄食。阿不比约定的时间晚了许久才出现。我们花了比寻常更久的时间相互问候，握手，身体接触，灵魂相交。就在这时，阿不

① 穆提（muti）：莫桑比克农村地区同一家族的传统民居群落。——作者注

注意到儒利牛。

“你竟然跟这家伙一起来？”

她气得发抖，脸色阴沉下来。弯刀柄在空气中呼啸着旋转，刀刃扎进圣树的树干。巫医对着刀劈出来的树浆吐了口痰，转头面向儒利牛，露出胜利者挑衅的神情。小伙子垂头丧气地离开了。

我和她坐下来。我必须完成两件事：解释和请求。先从第一件事开始：这是最后一次拜访。我的理由让阿不十分伤心。巫医很生气。我曾向她承诺会一起奋斗，我们都想拯救她的救命药材，将她古老的智慧留存于世。

“已经来不及了。他们夺走了一切，那些城里来的混蛋什么都砍，连草根都不留给我们……”

我仍然试图在隧道深处寻找光明。我说，不如我们一起走，越快越好。阿不沮丧地打断我：

“我已经没有未来了，孩子。着急走又有什么用？”

我提起第二件事，向她展示我必须带回的一小株植物。我解释说这个请求十分迫切，能救邻居女孩儿的命。巫医看了看那几片叶子，令人失望地回答道：

“这些叶子早就绝迹了，变成蝴蝶飞走啦。”

可是矮树丛里连一块根茎或细枝都不剩了吗？阿不抿紧嘴唇，表示怀疑。只能去最后一个角落看看了。

“跟我来，帮忙找找吧。”

我们钻进丛林深处。大雾和浓密的枝叶遮蔽了阳光，那份清凉让人倍感舒适。我为无数美景分神。但是美也会此消彼长：人们看到蝴蝶，就会忘记花朵。阿不走进一片空地，停下脚步，抬手示意到了。我们翻掘地面，却一无所获，一丁点儿残存都没有。药贩子居然连这样的密林深处都找得到，拔光药草，一车一车地往城里运。

第三天，我回来了。如果说我走时沮丧消沉，那回来时就是惶恐不安了。

我要怎么跟邻居解释没带回药呢？这是可以同一个母亲解释的事儿吗？我走进侧门，头垂到胸口。邻居太太迎上来，看到我的样子，不再要求解释。她抓着我的手，去看女孩儿最后的痛苦。房间里，我们被烟和蒸汽熏得头昏眼花。女孩儿躺在床上，体内的空气像篝火一样噼啪作响。她奄奄一息，目光涣散，直直地盯着不存在的事物，虚空的风景。那双眼睛像磁石一样，挑动着我的神经。我被她眼神中的空洞所俘虏。

突然，将死之人的脸上闪过一丝诡异的表情。她的视线落到一个走进房间的人身上。她在看谁？认出了谁，让她如此惊喜？我回头一看，顷刻间，那人手中猛地挥出一道刺眼的刀光。下一秒，一把刀势如粗根，深深扎进我的胸膛。我最后看到，哮喘的女孩儿爬起来，抱住了我的向导，儒利牛·卡萨贝托。他们一起俯身，收割着我的影子。

众神广场

献给舍·阿穆尔，他讲述的内容成为这个故事的果核。

1926：那一天所在的年份。穆罕默德·潘吉·帕特勒的个人故事上演了。他是莫桑比克岛[1]一个颇有权势的商贾，喜欢挥霍生命和财富。时光流逝，他活得随心所欲，因此，穆罕默德·潘吉感谢真主赐予他世界的亲切与美好。这位伊斯玛仪[2]的后人靠自己的声名致富，很是春风得意。当他的独生子跑来宣布要结婚时，老爷子更加满足了。

“知道吗，儿子，生活就是一瓶香水！”

婚礼筹备工作立即开始。后来当地再也没有过同等规模的宴

① 莫桑比克岛（Ilha de Moçambique）：位于莫桑比克北部楠普拉省。

② 伊斯玛仪（Ismaelita）：伊斯兰教先知易卜拉欣的长子，也是先知，儿子尼拜约是阿拉伯阿德南人的祖先。

会。乐师来自桑给巴尔①，宾客来自蒙巴萨②，伊博③和安戈谢④的亲友也来了。宴会持续了三十天。每一天，广场上都摆满桌子，铺满餐食。食物从早到晚不停地上桌，种类繁多，堆山积海。整个岛都来享用丰盛的美食，饱嗝声此起彼伏。那段时间，没有一个穷人感觉自己被胃挟制；没有一个家庭下厨做饭：早餐，午餐，晚餐，全部在广场解决。当众人的嘴被欢乐冲上海滩时，潘吉在一张长椅上伸了个懒腰，热浪争先恐后地涌来。他的工作就是流汗，顺便恣意欣赏人们的颌骨麻利地上下开合。

“可是父亲，这是不是太过了？”

儿子开始担心总开销。但潘吉淡淡地回答：**宁无一只鸟在手，也要鸟群迎风飞**。**毕竟，鸟儿展翅，才有天空**。他笑着说：

“别忘了，儿子，生活是一瓶香水！”

他解释道，我们的身体天生自带香气。起初，这种气味四散扑鼻，浓郁而有感染力。如果有人能闻见世界伊始，那么他一定只会闻到自己的香味。但再往后，芳香会慢慢变淡。为了还能闻到，鼻孔就得用力：那可真叫鼻子头疼啊。日子久了，便只剩下回忆还能偶尔引起战栗，直到记忆的皮肤也逐渐干瘪……

“父亲，我们要怎么支付这一切？”

---

① 桑给巴尔（Zanzibar）：坦桑尼亚东部的半自治区，与阿拉伯世界有着悠久的贸易史，穆斯林众多。

② 蒙巴萨（Mombaça）：肯尼亚第二大城市。

③ 伊博（Ibo）：莫桑比克北部德尔加杜角省（Cabo Delgado）的一个市镇。

④ 安戈谢（Angoche）：莫桑比克北部楠普拉省（Nampula）的一个城市。

问得好。讨债的很快就来了。房产被抵押，商铺被公开拍卖。潘吉无限的财富消耗殆尽。他从一代富豪落得个一文不名，口袋只能分泌污垢。然而，这一切都是暗中发生的。除了一贫如洗的潘吉，没人知道确切情况。他坐在长椅上，安静如一把匕首，出神地望着无休止的宴会。

新郎懒得再操心现实问题，决心离开岛屿。这天晚上，他向老父亲下了最后通牒：要么结束宴会，要么他永远不再回来。老人惊讶地笑了，神情厌倦，却比天空更加坚定。他随手指向某个地方，从广场的人群中挑出一个路人甲，然后说：

“快听这首曲子。我太喜欢了，每次听都会伤心。”

儿子气坏了，转身离开，他决定立刻收拾行李，买好单程船票远走高飞。但新娘还在广场，坐在潘吉那张长椅上。女孩儿喝了酒，非常兴奋，直瞅着公公。她整理了一下婚纱，靠近沉默的暮年老人，握住他的手，眨着大眼睛问：

“爸爸，您想和我跳这支舞吗？”

老人无言起身，任由儿媳把自己带到广场中央。两人翩翩起舞，舞池中千百束微光闪烁，像萤火虫令黑暗痴狂。旋转间，老人闻到蓝花楹的香气。他嫉妒这些树拥有永恒的芬芳。

“告诉我，孩子，我还有香味吗？”

新娘笑了，没有回答。她挽住老人的胳膊，重新将他带入舞曲。摇摆中，穆罕默德·潘吉悄悄说了一声抱歉。她知道吗？这场宴会并不是为这对纯真的新人办的。最终，金额如此庞大的开销都用来庆祝另一件事了。在这三十天里，岛屿摆脱了贫穷；没有一个母亲需要担忧孩子的哭闹；男人饮酒不是为了遗忘，而是要在时光的血脉中汲取活力的原浆。

“真主会喜欢这样的世界。这个广场是我献给他的，你明白吗？”

他亲吻新娘的额头，同她道别。你闻起来像水果，孩子，只有大地才有同样的芳香。

“明天一大早，宴会就结束。告诉我儿子。”

“爸爸，回家吧。”

哪个家？现在广场就是他的家。潘吉就住在这个曾经献给众神的广场上。新娘的手在空中挥舞离别的手帕。

次日清晨，广场迎来没有宴会的一天。桌子已经收走，乐队打道回府，皮鞋和尘埃都臣服于平静。一切如同一场凌乱的缺席，徒留微笑与旋律的回忆。穆罕默德·潘吉·帕特勒独坐在一张公园长椅上，定格于一副出其不意的相框，脸上挂着奇怪的微笑。是真主透过他的嘴微笑吗？潘吉的生命是否已被注销，作为沉重债务的最后一样抵押品？

新娘第一个找到潘吉。她跪在老人身边，从他头发上摘掉许多散乱的花瓣，那是从高高的树上落下的。但是，当人们搬动潘吉的遗体时，女孩儿又捧起一满手馥郁的小花儿，还给了公公。穆罕默德·潘吉·帕特勒退出广场，那里的蓝花楹树撒满永恒。

译后记

米亚·科托（1955—）是莫桑比克第五代作家、“后独立时期”文学的代表人物。他以诗人和记者的身份开启写作生涯，以短篇小说集《入夜的声音》（*Vozes Anoitecidas*，1986[①]）在莫桑比克文坛脱颖而出，又凭借长篇小说《梦游的大地》（*Terra Sonâmbula*，1992）走向国际；他还持续创作戏剧，试图实现文学对本国当代社会的积极干预。在中国，米亚·科托一开始就是以长篇小说为读者所知的，被引进的作品基本都创作于千禧年之后。因此，广西师范大学出版社将科托二十世纪八九十年代最早的三部短篇小说集《入夜的声音》、《每个人都是一个种族》（*Cada homeméuma raça*，1990）和《被赐福的梦中故事》（*Estórias Abensonhadas*，1994）中的大部分作品收录到这部中译本合集中，一定程度上为国内的相关译介填补了空白。

① 《入夜的声音》于1986年在莫桑比克首次出版，但从第二年开始，转由葡萄牙道路出版社（Caminho）出版。此后米亚·科托的作品首版均由Caminho发行，因此在Caminho列出的科托作品书目中，《入夜的声音》首版时间为1987年。本书的翻译底本为Caminho版。

译后记

二十世纪八十年代，莫桑比克深陷于非洲大陆近代史上最为血腥的内战之一（1975—1992），如米亚·科托所述："数不清的岁月里，炮火在莫桑比克的土地上倾泻着哀痛。……只剩下灰烬和溃败，人们失去灵魂。一切都变得沉重……"和非洲很多国家一样，此时的莫桑比克经历了"后殖民乌托邦"的幻灭；内战和严重的贪污腐败等政治及社会问题，进一步将其卷入新的主体性危机。叙事文学作为一种探索政治表象背后社会及伦理复杂结构的手段，这时却表现出某种局限性，解放战争时期（1964—1974）盛行的文学主题，如国家独立、革命、激进的阶级斗争、黑人性、种族对立及压迫等，似乎已不足以用来书写莫桑比克社会的新现实。

因此，当米亚·科托的《入夜的声音》及之后的几部作品问世，立即为莫桑比克叙事文学带来了新的视角和转向。在一个个短小精悍又光怪陆离的故事中，米亚·科托既书写战争与日常、传统与现代、秩序与混乱、贫穷与生存，也大胆触及种族共存和文化交融等过去不容探讨的主题，尽管很多时候，对它们的书写充满挣扎与对抗，甚至不乏悲剧性。同时，这些小故事还穿插着自然与超自然力量的交互、身份与性别议题、生物多样性与冲突，以及对历史与记忆如何塑造个体认知的思考。更重要的是，它们生动展现了莫桑比克的众生百相和普通人极为私密的个体情感经验。可以说，米亚·科托的短篇小说是如此丰富，以至于我们几乎可以看到其日后长篇小说的绝大多数主题。但前者写得更自由，也更具象，因为对小人物来说，每一天具体而琐碎的日常细节，才是真正的历史、政治、经济与文化。

鉴于米亚·科托短篇小说主题的庞杂，读者能清晰地感受到一种与国族时代共振的书写。《入夜的声音》一开篇就将读者拉入莫桑比克内陆深处的偏远地区。丛林边缘，一对暮年夫妇因战争和贫穷而与世隔绝，被时间与现代社会所遗弃。“在这片孤独的荒地上”，生命萎缩到只能思考如何死亡，死亡却“只是一次简单的滑行，抑或翅膀的收缩，不像在别处：生命熠熠生辉，死亡是一场暴烈的撕扯”。对于熟悉米亚·科托作品的中国读者来说，这样的场景一定不会陌生，因为无论是《梦游的大地》（1992）开篇那条被战争杀死的道路，还是《缅栀子树下的露台》（1996）中那座只有长者收容所的孤岛，抑或许多作品中那些偏僻而蒙昧的小村镇，似乎都指向同一个地方，那里被贫穷和死亡的阴影长久笼罩，梦想与希望也几近消亡。蛮荒之地，是米亚·科托用来呈现战争时期与战后莫桑比克人生存境况的基本场域。而“入夜的声音”，实际上指无数堕入荒地和暗夜的个体，他们之所以“黯淡无光”，是因为共同承受着后殖民时期的暴力与精神创伤，为生存苦苦挣扎的同时，或麻木，或疯狂，或残忍，或为幻梦和伤痛付出生命的代价。所以，《入夜的声音》是三部短篇小说集中最沉郁黑暗的部分。米亚·科托为这一时期莫桑比克人的精神状态写下了这样的注脚：“贫穷最令人痛心之处就是它对自身的无知。面对一无所有的境况，人们弃绝梦想，失去成为另一种人的渴望。虚无中存在着一种圆满的幻觉，它让生命停下脚步……”

发表于1994年的第三部短篇小说集《被赐福的梦中故事》，则明显有着更加明亮和温暖的色彩。此时内战已经结束，莫桑比克恢复和平，如同一场漫长的酷烈干旱，终于迎来歌声悦耳的大雨。在故事《被赐福的梦中雨》中，“我”注视着下雨的街道，“好像坐在整个国家的窗边”，相信“土地这位贫瘠的原住民，将会逐渐获得斑斓的美”。实际上，在这一阶段的故事里，死亡依然无处不在，暴力也并没有消失，悲剧仍在上演；但同时，生命也变得更加鲜活和充盈了。米亚·科托将这种变化归因于人们开始有梦和希望：“梦隐匿在我们内心最难以抵达的地方，那里，暴力无法出击，野蛮无路可走。”被梦的雨水浸湿后的“声音”，有了穿越“死寂”、迁离蛮荒之地的力量，即使身处黑夜，也可以“化为月光，长久存续”。

莫桑比克最伟大的诗人若泽·克拉韦里尼亚（José Craveirinha，1922—2003）曾经将米亚·科托的长篇处女作《梦游之地》喻为一幅巨大的“民族马赛克”。这个评价同样适用于科托的短篇小说集。在科托看来，莫桑比克本就是一个由各种不同文化群体构建起来的多元民族社会空间。现实的沃土赋予他笔下的人物无尽的多样性与独特性，无论是考察单个故事，还是跨越不同故事，我们基本都看不到雷同的角色。有些人的职业或生活千差万别，例如想读书的放牛娃、望女成凤的小镇机械师、爱而不得的捕蛇师、集市里谈笑风生的理发师、与石像恋爱的驼背女；有些人职业相同，命运却截然不同，例如《神鸟》和《盲渔夫》中的两个渔夫。乍一看，许多人物可以直接代表莫桑比克社会各个族群，例如《梦见飞鸟的猴面包树》中的原住民和殖民者，《俄国公主》的黑人同化民与白人移民，《众神广场》《脊神父》与《死亡占卜师》中的穆斯林、基督徒和本土巫师，而自挖双眼、出海生还后在沙滩上寻找面孔的渔夫，仿佛就是在时代的浪潮中寻找自我的莫桑比克。很多时候，人物又表现出有别于其类型标签的非典型性，例如《梦见飞鸟的猴面包树》中，白人殖民者的孩子全心全意地亲近原住民，最后在烈火中，与象征撒哈拉以南的非洲传统的猴面包树融为一体。

关于身份，科托的基本立场是拒绝并消解一切指向二元对立的单一界定。在《卡洛塔·让蒂纳，原来你从未飞过，对吗？》中，主人公对律师说的第一句话是："我是许多个伤心人。……要不这么说吧：我们是一个伤心人？"这在葡语中是一个简单的文字游戏，即将本该保持单复数一致的主语"我/我们"和谓语动词"（我/我们）是"进行错位搭配。由此，故事的开场白既表达了个体身份内部的多重性和复数性，又强调身份从个体转向集体的可能，即共有的经历或情感可以使人们产生共鸣和某种归属感。非洲葡语作家八九十年代的身份书写，往往会被纳入后殖民理论视阈下"糅杂性"（hybridity）概念的讨论。而在米亚·科托早期的短篇小说中，"糅杂性"并不仅仅指殖民地历史和后殖民时期文化、身份或意识形态的流动与混融状态，也是人类作为万千物种之一所固有的特点。正因如此，科托第二部短篇小说集的书名"每个人都是一个种族"才尤为耐人寻味。作者借卖鸟人之口宣告，"我就是自己的种族。一个人自身就是独一无二的全人类"，既强调个体具有独特而完整的属性，无法只单纯归类于任何现有的种族或群体标签，是身份多样性的明证，又暗示每一个个体都是整个人类的缩影，其生存与情感经历亦可体现身份与存在的普遍性。

然而，对于一个亟待以“我们”来建立集体身份认同，从而夺回完整主体权利的族群来说，其内部同样存在对差异性个体的冷漠与歧视，仿佛只有去除“杂质”，才能得到一个“纯粹”的主体。在《甜脸玫瑰，罗莎·卡拉梅拉》中，米亚·科托塑造了一个因自身的糅杂性而被本该接纳她的社会群体残忍排斥的人物：驼背女。科托在设计她的名字时借鉴了生物学的“双名法”（binomial nomenclature），属名在前，种名在后，后者修饰并限定前者：罗莎（玫瑰）·卡拉梅拉（甜脸）。但讽刺的是，生物学上对物种身份的承认，在故事中却成了集体对差异性个体实施排他和霸凌的手段。驼背女的悲剧揭示了“二元对立”思维在任何一种身份构建过程中的隐蔽性和无孔不入，也提醒读者，个体的复杂与多样是人类在自然和社会作用下的必然结果，应当得到充分的尊重和包容。

在米亚·科托笔下，身份是一种永恒流动、不断变化与发展的叙事。这一点在那些徘徊于生死之间的人物身上，无疑最为明显。科托非常擅长描写各式各样的“阴阳人”，比如与生者一起生活的死人阿巴多·萨兰热，能够与死者交流的活人占卜师，被村民认定死亡的两个重现者，影子被杀手收割的药草科学家，等等。生者与死者的身份不是在客观事实上发生转换，就是在他人眼中与事实形成倒错。一方面，对死亡的敬重是莫桑比克传统文化中不可或缺的一部分，因为只有不遗忘死亡，才能记住历史，拥有记忆才能实现身份叙事，不敬重死亡（没有记忆）者则不能称之为人。另一方面，生死的流转以及随之而来的荒诞感，是很多读者认为科托属于“魔幻现实主义”作家的主要原因之一。但科托的故事里并没有所谓的“魔幻”，有的只是个体眼中所看到的世界，他们对生活的具象感受和幻想，决定了我们读到的世界是什么模样，有着怎样的逻辑。就像公牛马巴塔-巴塔爆炸时，“血肉变成红色的蝴蝶”，骨头成为“散落的硬币”，这样的画面当然不是“魔幻”，而是一个并不理解暴力与死亡的孩子眼中最真实不过的现实。

身份的流动与个体对世界的感知是相辅相成的。为了证明这一点，米亚·科托甚至在叙事空间上也强化了流动的特质。他的短篇小说中会大量出现河流、海洋、雨水、行舟等具有高度流动性或移动性的象征物；即便在没有水流的地方，科托也会创造出一种过渡性空间，如窗户、露台、阳台、走廊、屋外的台阶甚至公路等，使人物得以从一个相对封闭的地方穿梭到一个更广阔的世界。莫桑比克是一个传统上笃信万物有灵的国家，个体在这样的宇宙观和生命观影响下，总是渴望与他人以及非人类或精神性的“余众”建立更紧密的联系，从而走出自我的牢笼。在科托看来，个体需要融入世界，自我必须成为整体的一部分，才能不断延续身份的探索和构建。

在《热格叔叔的私人启示录》中，主人公坦言：“我们总是讲不好某个人的故事。因为人每时每刻都如同新生。没有人的一生是单一的，每个人都会分化成各不相同、不断变化的人。”但米亚·科托是讲故事的好手。他的短篇小说最大程度地融合了各种形式的民间元素——起源神话、种族传说、习俗传统、社会新闻、社区八卦、箴言警句，再由叙事者以丰富的口述方式，将事件娓娓道来。有时，叙事者会借自白或告解来讲述亲身经历的故事，或者化身为人群中的好八卦者，将一个扑朔迷离的故事用非线性叙事拼凑成不完整的画面；有时，叙事者又隐于文本之外，熟练引用“新闻报道”，条理清晰地展开一个故事。但无论如何，读者总会发现，有一个小人物，在一个看似平凡的环境中，陡然进入一个现实与幻想交叠的离奇境况，经历不可思议之事，故事会以出人意料的方式戛然而止，但又好像没有真正结束；有些故事中，人物一开始就透着古怪，可他们说话做事的方式却再自然不过，仿佛一切都是理所当然；而一个客观上已经消亡或无疾而终的事件，米亚·科托又总能为其披上诗意的想象，使之拥有延续与开放的可能，例如男孩儿在睡梦中被大火烧死，科托却将其描绘成一场烈火的洗礼，让男孩儿变成一棵树，永久移居到新根之中。就这样，米亚·科托用短篇小说这种高度凝练的叙事体裁，写下一个个似是而非的故事，挑战甚至颠覆读者的理性或惰性期待，反复操练着读者理解莫桑比克当代现实的能力——这种现实，是事实与想象的高度融合，是超越常规而尚未被莫桑比克人完全掌握的生活与情感体验；而米亚·科托期待读者具备的能力，是一种不拘于既定边界和常识局限的诗性感受力。

米亚·科托是一个写小说的诗人。他曾在文章中表示：“写作总是需要诗意。诗歌是另一种思维方式，超越了学校和现代社会教给我们的那套逻辑。它是另一扇打开的窗，让我们以新的眼光看待生命和事物。”科托非常强调要从“杂乱无章的口语、语言和叙事模式”中创造“美”——我们可以将其理解为一种非理性的智慧，或者一套自由而不安分的语言符号系统，始终游离在确凿的语义周遭，不断试图更新语言所要表达的意义。语言的构成无疑是多层次的，因而科托不遗余力地在各个维度创造突破语义边界的诗性洪流，一如他为叙事空间创造流动的自由象征物那样。科托早期的叙事作品中，“造词”是非常经典的诗性写作策略，包括但不限于本土方言与葡萄牙语的糅杂、既定葡语单词的衍生、多个词语的混成等。当然，在词语单位之上，还有对葡萄牙谚语、俗语的创造性改装，本土谚语和俗语的虚构，以及诗歌、书面叙事语言和本土口语在同一个阶段创作中的对抗与磨合。

科托的“造词”往往多义且开放，其中，衍生词和混成词最能体现语义的流动性。在我们的选集中，“入夜的声音”（Vozes Anoitecidas）与“被赐福的梦中故事”（Estórias Abensonhadas）两个标题就包含了衍生词和混成词。“Anoitecidas”的原形是“夜幕降临”（anoitecer），后者本是无人称动词，但科托将其衍生为被动语态的过去分词“anoitecido”，再用其形容词性功能来修饰“声音”（vozes），从而传递出两层含义：“夜晚的声音”以及“被卷入夜晚（被夜幕笼罩）的声音”。另一个标题中的“abensonhadas”则先是混合了动词“赐福”（abençoar）和一系列与“梦”相关的词，如名词“梦”（sonho）、动词“做梦”（sonhar）、过去分词“被梦见的”（sonhado），再从这个整体衍生出一个被动语态的形容性过去分词“被赐福的、被梦见的”（abensonhadas），来修饰“故事”（estórias）。用不同的语言翻译这样的文字，本身也是一个意义流动和延异的过程，或者说“非韵律认识论”（Stefan Helgesson）之间的碰撞。英语译者翻译这样的词，有时会选择不翻译——隐去该词（如对“abensonhado”一词的处理），或保留原文拼写、让读者自行想象；有时则以某个语义为支点进行改写，例如将第一个标题改为“声音造就了夜晚”（Voices Made Night）。对中文译者来说，除非像艺术家那样大造天书，否则用写法固定的汉字，几乎不可能还原米亚·科托的造词形态，因而用“非造字”方式来处理“造词”现象，是中文译者一个自然而然的选择。例如在本书中，处理混成词时，如果中文现有词汇本身自带多重含义，可以覆盖原文的意思，则不选择硬造生词或做阐释性翻译，避免行文阻塞或冗长；如果混成词包含的多重含义并置在同一个表达单位中，会因汉语自身的语用习惯、文化习俗、自然环境（如涉及汉语环境中并不存在的动植物）等因素造成表述逻辑断裂，则在原词中选择不那么容易造成阅读障碍的含义进行翻译，或将原词的多重含义拆解，放到两个或两个以上的中文表达单位中去；而当某个无比美妙的时刻降临，原文的每一个含义都能在简洁的中文里绽放光彩，译者便可放心地使用“显性翻译”，用另一种诗歌语言去回馈作者。无论如何，译者需要保持一种信念：既然“造词”是米亚·科托不屈从于边界的表现，那么它也不应该成为译者翻译时的限制与心理障碍。事实上，米亚·科托的诗性书写并不完全依赖“造词”，而是以无处不在的反叛性修辞为基础，展现莫桑比克人独特的思维方式与世界观。阅读这样的文字，无论读者还是译者，都需要学会接受新奇，不断重新想象和重塑人的处境。因此，保留并呈现一系列非常规的、“在意义门槛上颤抖的（诗性）隐喻”（Grant Hamilton & David Huddart），或许才是米亚·科托最希望他的“合作者”（译者）完成的挑战。

阿契贝曾经在《非洲文学：“庆典的回归”》一文中提到伊博族艺术殿堂姆巴里神庙的一个传统，即“为了人一生中所有的重要经历，尤其是那些新的、异乎寻常的，因而有潜在危险的经历”而创作雕塑。这是一种“庆典”，其本质在于“对存在的承认”，而非“欣然接受”。米亚·科托的短篇小说亦是这样一种承认“存在”的“庆典”，它打破叙事文学和诗歌的边界，用完全虚构但又极其可信的言说方式，赋予莫桑比克日常生活中大大小小的经历以真实可感的细节与情感，揭示那片土地上相互共存的种种人性。这些鲜活的生命故事，也一次次让遥远彼岸的我们“看见”别样的生活，从而观照并深思自我。

金心艺